Le royaume des Karedes

Deux couronnes, deux îles, un héritage

Une famille royale, déchirée par l'orgueil et la soif du pouvoir,
réunie par l'amour

La monarchie d'Adamas a été divisée
en deux royaumes rivaux

Deux couronnes

Pour symboliser cette rupture,
le diamant Stefani a été retaillé en deux pierres

Deux îles

Des princes grecs irrésistibles règnent sur l'île d'Aristos
De séduisants cheikhs gouvernent l'île de Calista

Un héritage

Quiconque réunira les deux diamants
deviendra maître des deux îles

Le royaume d'Adamas
Une histoire tumultueuse

De tout temps, les îles de Calista et d'Aristos ont excité les convoitises. Au Moyen Age, la découverte de mines de diamants sur Calista accroît l'intérêt des envahisseurs.

C'est seulement après la prise du pouvoir par Richard Cœur de Lion, au XIIe siècle, que les Karedes, famille noble de l'île, sont placés sur le trône.

A cette époque, un superbe diamant rose est découvert à Calista et monté sur la couronne des Karedes. Connu sous le nom de Stefani (qui signifie couronne, en grec), il devient rapidement un symbole très important pour le royaume d'Adamas. Convaincus que leur pouvoir est lié à ce diamant, les Karedes font le serment de ne jamais s'en séparer ; sa perte entraînerait inéluctablement la chute du royaume. Son existence a nourri les rêves des chasseurs de trésor pendant des siècles, mais aucun autre diamant n'a été découvert à Calista jusqu'aux années 40.

En 1972, en raison de tensions croissantes entre les îles d'Aristos et de Calista, le roi Christos annonce la séparation des deux îles, qui doit devenir effective après sa mort. En présence de ses enfants Anya et Aegeus, et avec les courtisans pour témoins, Christos déclare :

Vous gouvernerez chaque île en vous attachant au bien de votre peuple et à la prospérité de votre royaume. Je souhaite cependant que ces deux joyaux, ainsi que les îles, soient réunis un jour. Aristos et Calista sont plus prospères, plus belles et plus puissantes lorsqu'elles forment une seule et même nation, Adamas.

Après la mort du roi Christos en 1974, le diamant Stefani est retaillé en deux pierres, montées sur les couronnes d'Aristos et de Calista.

Le secret d'une princesse

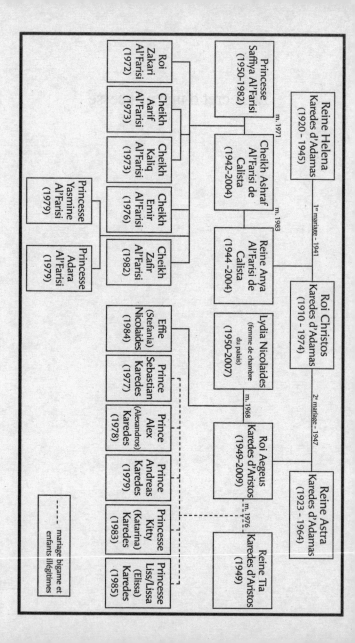

Reine Helena Karedes d'Adamas (1920 - 1945)

Roi Christos Karedes d'Adamas (1910 - 1974)

Reine Astra Karedes d'Adamas (1923 - 1964)

1er mariage - 1941

2e mariage - 1947

m. 1971

m. 1983

Princesse Saffiya Al'Farisi (1950-1982)

Cheikh Ashraf Al'Farisi de Calista (1942-2004)

Reine Anya Al'Farisi de Calista (1944 -2004)

Roi Zakari Al'Farisi (1972)

Cheikh Aarif Al'Farisi (1973)

Cheikh Kaliq Al'Farisi (1973)

Cheikh Emir Al'Farisi (1976)

Cheikh Zafir Al'Farisi (1982)

Princesse Yasmine Al'Farisi (1979)

Princesse Adara Al'Farisi (1979)

Lydia Nicolaides (femme de chambre du palais) (1950-2007)

Roi Aegeus Karedes d'Aristos (1949-2009)

Reine Tia Karedes d'Aristos (1949)

m. 1968

m. 1976

Effie (Stefania) Nicolaides (1984)

Prince Sebastian Karedes (1977)

Prince Alex (Alexandros) Karedes (1978)

Prince Andreas Karedes (1979)

Princesse Kitty (Katarina) Karedes (1983)

Princesse Liss/Lissa (Elissa) Karedes (1985)

----- mariage bigame et enfants illégitimes

CHANTELLE SHAW

Le secret d'une princesse

COLLECTION AZUR

*éditions*Harlequin

Cet ouvrage a été publié en langue anglaise
sous le titre :
THE GREEK'S BILLIONAIRE'S INNOCENT PRINCESS

Traduction française de
LOUISE LAMBERSON

HARLEQUIN®

est une marque déposée du Groupe Harlequin
et Azur ® est une marque déposée d'Harlequin S.A.

Service Lectrices — Tél. : 01 45 82 47 47
www.harlequin.fr

ISBN 978-2-2808-1863-6 — ISSN 0993-4448

1.

Debout à l'entrée de l'immense salle de bal, Nikos observait les quelque cinq cents invités qui bavardaient en sirotant leur champagne, ou dansaient sous les chandeliers en cristal.

Dans les bras d'hommes vêtus de smokings noirs, des femmes évoluaient sur le plancher brillant, semblables à des papillons aux couleurs chatoyantes. Elles rivalisaient d'élégance, remarqua Nikos, avec leurs robes somptueuses et leurs parures de diamants étincelant de mille feux.

Il remonta le poignet de sa chemise pour regarder l'heure à sa Rolex, avant de s'avancer parmi les invités. Il était tout à fait conscient des regards qu'il attirait sur son passage. Depuis pas mal de temps, il s'était habitué à l'intérêt qu'il suscitait, dû aux rumeurs qui circulaient sur sa fortune d'une part, mais aussi à son physique avantageux. Une blonde séduisante vêtue d'une robe outrageusement décolletée retint un instant son attention. Après avoir laissé errer un regard nonchalant sur sa longue silhouette mince, il pénétra dans la salle principale.

Il était reçu par son ami Sebastian, prince d'Aristos. Et c'était la première fois qu'il assistait à un bal royal. Il était très impressionné par le luxe et la splendeur des différentes pièces, avec leurs murs recouverts de tentures de soie, et les œuvres d'art sans prix qu'elles abritaient. La famille royale de la dynastie des Karedes était l'une des plus fortunées d'Europe, et la liste des invités comprenait de nombreux membres de l'aristocratie européenne ainsi que plusieurs chefs d'Etat. Aucun de ces éminents personnages n'aurait jamais pu soupçonner qu'il avait grandi dans les quartiers pauvres d'Athènes, songea Nikos en les observant. En dépit de la grande amitié qui le liait à Sebastian, il ne lui avait jamais révélé que sa mère avait autrefois travaillé dans les cuisines du palais, comme simple servante.

Après avoir traversé le foyer, il ouvrit une porte et se retrouva dans une vaste salle de banquet. Elle était vide, mis à part une serveuse qui, à l'autre extrémité de la pièce, pliait négligemment des serviettes avant de les mettre dans un panier. Les invités s'étaient réunis autour d'un festin, quelques heures plus tôt, mais à cause du retard de son vol, Nikos n'avait pu se joindre à eux. Quand il vit l'éventail coloré des canapés qui restaient encore sur la longue table, il sentit son estomac se creuser douloureusement. Les affaires d'abord, se dit-il fermement. Même si, à Aristos, le soleil était déjà couché, sur la côte Est des Etats-Unis, l'après-midi commençait à peine. Il fallait absolument qu'il appelle un client à New York.

Il se dirigea vers la serveuse qui, lui tournant le dos, ne s'était visiblement pas rendu compte de sa présence.

— Pouvez-vous me dire où je pourrais m'installer pour téléphoner sans être dérangé ? demanda-t-il.

Kitty sursauta au son de cette voix profonde et incroyablement sensuelle. Un frisson la parcourut de la tête aux pieds. Se retournant, elle sentit son cœur se mettre à battre à toute allure quand elle vit l'homme qui était entré silencieusement dans la salle de banquet.

Elle l'avait vu un peu plus tôt dans la soirée et l'avait immédiatement reconnu : Nikos Angelaki, milliardaire et armateur grec, play-boy réputé, et depuis quelques mois, l'un des plus proches confidents de son frère. Sebastian lui avait expliqué qu'il avait rencontré Nikos au cours d'un voyage d'affaires en Grèce, et depuis lors, les deux hommes s'étaient découvert un goût commun pour le poker et la roulette. Ils se voyaient souvent à présent, notamment dans les casinos d'Aristos et d'Athènes.

Kitty l'avait vu en photo dans divers journaux et magazines mais, en chair et en os, il était encore plus séduisant. Et incroyablement sexy. Plus grand que la moyenne, il était vêtu ce soir-là d'un pantalon noir qui mettait en valeur ses longues jambes et ses cuisses puissantes, et d'une veste de smoking qui moulait ses larges épaules. Mais c'était surtout son visage qui retenait son attention.

Fascinée, elle contemplait ses traits ciselés à la perfection, ses hautes pommettes et son menton volontaire, ses yeux si sombres... Quant à sa bouche, elle était parfaitement dessinée, et extrêmement sensuelle. Il était vraiment très beau, se dit-elle en tressaillant involontairement, mais elle se rendit soudain compte qu'elle le dévisageait et rougit.

— Il y a un petit salon derrière cette porte, lui indiqua-t-elle en désignant le fond de la pièce.

— Merci.

Durant un instant, il laissa descendre son regard sur elle, s'arrêtant un bref instant sur sa petite robe noire pas du tout sexy. Kitty suivit son regard. Elle aurait dû s'acheter une nouvelle toilette pour cette soirée. A vrai dire, elle ne s'était jamais beaucoup intéressée aux vêtements, préférant consacrer son temps à ses recherches pour le musée d'Aristos. Et ce n'était que le matin même qu'elle s'était rendu compte qu'elle n'avait rien à se mettre. De toute façon, elle n'avait pas assez confiance en elle pour porter des tenues sexy, songea-t-elle aussitôt. En outre, elle n'était pas du tout le genre de femme qui devait plaire à Nikos Angelaki.

Apparemment, il ne l'avait pas reconnue, et le protocole du palais exigeait que ce soit elle qui se présente en premier. Elle se sentit immédiatement envahie par une timidité dont elle souffrait depuis son enfance. Une fois encore, elle regrettait de ne pas posséder l'assurance et la personnalité éblouissante de sa sœur, la princesse Elissa. En toutes circonstances, celle-ci se comportait avec une confiance en elle que lui enviait Kitty.

Pourtant, elle-même, la princesse Katarina Karedes, quatrième dans l'ordre de succession au trône d'Aristos, avait aussi reçu l'éducation pour faire face à toutes les situations mondaines, et pratiquement depuis sa naissance. Mais elle avait toujours eu du mal à être à l'aise en société.

— Je crois qu'on a besoin de vous pour servir le champagne dans la salle de bal, reprit alors Nikos Angelaki. Le prince Sebastian m'a dit que l'entreprise de traiteurs avait eu des problèmes avec ses employés et j'ai remarqué que beaucoup d'invités n'avaient pas à boire.

Puis, tout en sortant son mobile de sa poche, il lui adressa un léger sourire destiné à lui donner congé, comme s'il s'attendait à ce qu'elle s'exécute immédiatement.

Submergée par l'autorité qui émanait de toute sa personne, Kitty resta muette. Il lui avait suggéré d'aller servir à boire aux invités… Elle était parfaitement au courant des difficultés de l'entreprise de traiteurs, nombre de leurs employés ayant en effet succombé les uns après les autres à un redoutable virus. C'était d'ailleurs pour cela qu'elle était venue voir elle-même si tout était en ordre dans la salle de banquet. Habituellement, elle s'occupait peu des préparatifs du bal royal, mais cette année, étant donné que la reine Tia était en deuil du roi, Sebastian lui avait demandé de superviser l'organisation de la soirée.

Après la mort subite de leur père, le roi Aegeus, Sebastian aurait dû monter sur le trône. Cependant, la découverte brutale que le diamant de la couronne était un faux avait tout chamboulé et le couronnement avait été reporté. En réalité, le diamant royal n'était que la moitié du diamant Stefani, et cette moitié représentait la part de la Maison Karedes. Et sans le joyau, Sebastian ne pouvait accéder au trône, aussi resterait-il prince régent jusqu'à ce que la pierre précieuse soit retrouvée.

Perdue dans ses pensées, Kitty se rendit soudain compte que Nikos Angelaki la contemplait avec une impatience évidente.

— Mon client attend mon appel, dit-il en s'éloignant vers la porte menant au petit salon. Et vous feriez bien de continuer votre travail.

Il s'arrêta devant la porte avant de se retourner vers elle.

— Au fait, vous pourriez m'apporter une coupe de champagne, ainsi que quelques bricoles à manger. Les feuilles de vigne farcies ont l'air délicieuses, et j'accepterais volontiers un peu de pain et des olives.

Cet homme faisait partie des invités, se rappela Kitty, et en tant qu'hôtesse, son devoir était de veiller à ce que tout se passe bien pour ceux-ci. Mais ce ton hautain lui restait sur le cœur. Toute sa vie, elle avait été traitée avec la déférence due à son rang, et les gens qu'elle ne connaissait pas l'avaient toujours appelée « Votre Altesse ». Or Nikos Angelaki s'était adressé à elle comme à une simple employée du palais. Ignorait-il vraiment son identité ?

— Vous voulez que je vous *serve* ? répliqua-t-elle, profondément choquée.

Nikos lança un regard perçant à la jeune femme. Il ne pouvait ignorer le ton vif qu'elle avait employé. Visiblement, elle était mécontente. Quand il était entré dans la salle de banquet, il ne l'avait pas vraiment regardée, remarquant seulement qu'elle avait l'air quelconque et qu'elle portait une robe mal fichue. Mais à présent, alors qu'il l'étudiait avec plus d'attention, il se rendait compte qu'elle était loin d'être inintéressante. Certes, elle ne ressemblait pas aux mannequins alors en vogue, songea-t-il en laissant son regard glisser sur ses hanches rondes et sa taille fine. Mais ses seins généreux devaient être très fermes… Nikos l'imagina soudain vêtue d'une robe à bustier très ajusté, qui ferait jaillir ses seins comme deux pêches rondes et mûres. Entraîné dans des visions de plus en plus érotiques, il se vit en train de lui ôter cette robe avant de se repaître de sa superbe nudité. Il sentit son corps réagir violemment tandis qu'un désir très puissant durcissait sa virilité.

Elle n'était pas du tout son genre, se dit-il pour se ramener à la raison. Il aimait les grandes blondes élégantes, alors que cette femme était petite et brune. Ses lunettes à monture épaisse n'arrangeaient rien, mais il remarqua qu'elle avait une peau superbe et lisse, légèrement mate, et des pommettes rehaussées par une touche de rose. Et sa bouche était immense, ses lèvres pleines… et très tentantes.

Diable ! Cela faisait trop longtemps qu'il n'avait pas de maîtresse, songea-t-il en se moquant de lui-même. Toutefois, grâce à son travail de forcené, les bénéfices de la Petridis Angelaki Shipping Company étaient montés en flèche. Il n'avait pas pour habitude de se priver des plaisirs de l'existence — mais récemment, il s'en était bel et bien éloigné. Il était temps qu'il songe à se détendre. Cependant, le prince Sebastian n'apprécierait sans doute pas qu'il séduise un membre de son personnel…

— Oui. Si c'est possible, ajouta-t-il d'une voix légèrement rauque. C'est votre travail, que je sache.

Songeant aux longues heures qu'elle avait passées à organiser cette soirée, Kitty sentit la colère monter en elle.

— Le principe d'un buffet est que les invités se servent eux-mêmes, dit-elle d'un ton sec.

Alors qu'il la dévisageait de la tête aux pieds, elle comprit : la robe simple qu'elle portait ressemblait à s'y méprendre à l'uniforme des serveuses ! Se pouvait-il vraiment que Nikos Angelaki ne sache pas qui elle était ? Elle ne savait pas trop si elle devait s'amuser de cette situation ou se sentir insultée de cette méprise.

Elle ouvrit la bouche pour lui dire qu'elle était la princesse Katarina, mais quelque chose l'en empêcha. C'était si humiliant qu'il l'ait prise pour une serveuse, songea-t-elle, tout en regrettant de plus en plus de ne pas avoir fait d'effort sur sa toilette.

Comment cet homme superbe et sûr de lui réagirait-il si elle lui apprenait qu'elle était une princesse, et, de surcroît, la sœur de Sebastian ? Penserait-il lui aussi qu'elle était le vilain petit canard de la famille royale ? Il était si beau, si séduisant, se dit-elle de nouveau en sentant son cœur battre violemment dans sa poitrine. Comme envoûtée, elle ne parvenait pas à détacher ses yeux des siens. Soudain, elle sentit quelque chose d'indéfinissable passer entre eux. Ses seins frémirent malgré elle et, à sa grande stupeur, elle sentit ses tétons se dresser sous sa robe. Horrifiée, les joues en feu, elle croisa les bras en hâte sur sa poitrine.

Nikos fit un effort pour se contenir. Un éclair sensuel luisait au fond des yeux de la jeune femme et son propre corps réagissait de nouveau, augmentant encore son irritation. Il n'avait pas de temps à perdre avec une domestique récalcitrante, même si une attirance manifeste vibrait entre eux.

— Je suis certain que le prince Sebastian est un employeur juste qui vous paie généreusement pour votre travail, dit-il d'un ton ferme, aussi vous serais-je reconnaissant de bien vouloir faire ce que je vous ai demandé sans plus contester.

A présent, il aurait dû entrer dans le petit salon pour passer son appel téléphonique mais, pour une raison inexplicable, il hésitait. Il ne parvenait pas à refouler son envie, absurde et ridicule, de prendre cette femme dans ses bras avant de l'embrasser comme un fou.

— Comment vous appelez-vous ? demanda-t-il brusquement.

— Je... Rina.

Kitty baissa les yeux. Les mots avaient jailli de ses lèvres sans qu'elle ait pris le temps de réfléchir.

— Je travaille depuis peu au palais, ajouta-t-elle.

— Je vois.

Lorsque Nikos Angelaki revint vers elle, elle sentit son pouls battre violemment à la base de son cou. Cet homme réveillait tous ses sens et elle mourait d'envie de tourner les talons et de s'enfuir. Mais quand il s'arrêta à quelques centimètres d'elle et qu'elle vit le regard sensuel qu'il posait sur elle, elle fut incapable de bouger.

Elle se trompait certainement. Nikos Angelaki avait fréquenté les plus belles femmes du monde. On racontait d'ailleurs qu'il venait d'entretenir une liaison tumultueuse avec une star d'Hollywood, Shannon Marsh, durant des mois. Il était inconcevable qu'il puisse être attiré par une femme aussi insignifiante qu'elle.

— Quelque chose me dit que vous avez beaucoup à apprendre, Rina.

Le ton moqueur qu'il avait employé était empli d'une sensualité si évidente que Kitty sentit un frisson d'excitation la parcourir tout entière. Sa vie avait toujours été très protégée au palais et, à vingt-six ans, elle était douloureusement consciente de son manque d'expérience sexuelle. Cependant, la chaleur brûlante

13

qu'elle voyait dans le regard de Nikos était identifiable, même pour une novice comme elle.

— Je ferais mieux d'aller vous chercher du champagne, monsieur Angelaki, murmura-t-elle en s'écartant.

— Oui, en effet, répliqua Nikos en riant doucement.

Diable, il avait bien fait de rompre la tension sexuelle que la serveuse aux courbes délicieuses avait suscitée en lui.

— Mais, dites-moi, comment connaissez-vous mon nom ?

— Je vous ai vu en photo, et j'ai lu des articles sur vous dans les journaux, reconnut Kitty.

Nikos Angelaki était autant réputé pour sa chance à la roulette que pour ses succès en affaires. Elle avait vu de nombreuses photos de lui au volant de sa Lamborghini, accompagné de femmes plus belles les unes que les autres.

— Vous avez la réputation d'être un play-boy milliardaire qui change de blonde chaque semaine, enchaîna-t-elle d'un ton crispé.

Nikos haussa les épaules avec insouciance.

— Vous ne devriez pas croire tout ce qu'on lit dans les journaux, Rina. Certaines de mes blondes, comme vous dites, ont duré beaucoup plus qu'une semaine, et quelques-unes ont même duré un mois, dit-il d'un ton sardonique. Mais ma vie privée ne regarde que moi — vous ne croyez pas ?

— Absolument, répondit-elle aussitôt, blessée par sa riposte. Je me moque bien que vous changiez de femme comme d'autres hommes changent de chemise.

Après avoir rejeté la tête en arrière, Nikos se mit à rire franchement.

— Je me demande si le prince Sebastian sait qu'il compte une rebelle parmi les membres de son personnel !

Puis il avança vers Kitty avant qu'elle n'ait eu le temps de réagir et lui prit le menton.

— Si vous n'y prenez garde, fit-il en la fixant, cette bouche insolente pourrait vous causer de sérieux ennuis.

A présent, il était si près d'elle que Kitty sentait la chaleur émaner de son corps. Les effluves épicés de son eau de toilette l'enveloppaient, la retenant prisonnière d'un charme contre lequel elle se sentait totalement impuissante. Pendant quelques secondes insensées, elle crut qu'il allait pencher la tête et l'embrasser. Envahie par un mélange de crainte et de fascination, elle retint son souffle et, lorsqu'il ôta la main de son menton, elle se sentit horriblement déçue.

Il n'avait pas eu l'intention de l'embrasser, bien sûr. Comment avait-elle pu être assez stupide pour s'imaginer une chose pareille…

Nikos sourit. Savait-elle à quel point il pouvait deviner ses pensées ? Et combien il était tenté de répondre à son invite muette. Oui, il mourait d'envie de prendre sa bouche et il lui fallut rassembler toute sa volonté pour reculer d'un pas avant de retraverser la salle de banquet.

— Il est vraiment temps que vous retourniez à votre travail, Rina. Et vous n'oubliez pas mon champagne, n'est-ce pas ?

Kitty resta seule dans la pièce, outrée par le comportement de Nikos. Son arrogance dépassait vraiment les bornes ! Elle brûlait de lui dire qu'autrefois, ce manque de respect envers un membre de la famille royale aurait constitué une grave offense. Il avait de la chance qu'elle n'appelle pas les gardes du palais, songea-t-elle avec colère. Elle était réputée pour son calme et sa nature pacifique mais, à cet instant, l'insolence de cet homme la mettait totalement hors d'elle. Toutefois, elle devait reconnaître que c'était sa faute s'il la prenait pour un membre du personnel. Réprimant un juron tout à fait indigne d'une princesse, elle tourna les talons et sortit de la salle de banquet, la tête haute.

2.

Durant le reste de la soirée, Kitty évita soigneusement Nikos Angelaki. Pourtant, elle ne pouvait oublier l'attirance qui s'était manifestée entre eux quand ils avaient été seuls. Aucun homme ne l'avait jamais regardée ainsi, avec ce désir et cette passion brute au fond des yeux, faisant naître le désir au plus profond d'elle. La violence de ses propres réactions l'avait surprise... elle allait jusqu'à regretter qu'il ne l'ait pas attirée dans ses bras avant de lui faire l'amour sur la table...

Incapable de repousser les fantasmes troublants qui s'étaient emparés de son esprit, elle n'avait pu envisager de se retrouver de nouveau seule avec lui. Elle avait donc envoyé un serviteur lui apporter du champagne et la nourriture qu'il avait demandée.

Plus tard, dissimulée derrière un pilier, elle l'avait regardé évoluer sur la piste de danse avec des femmes éblouissantes. Si elle avait demandé à Sebastian de lui présenter son ami, celui-ci l'aurait invitée à danser. Mais si elle lui révélait maintenant son identité, elle passerait pour une idiote devant Nikos et aussi devant son frère.

D'autre part, elle ne saurait pas quoi lui dire, songea-t-elle avec tristesse. Elle était nulle avec les hommes. Les quelques vagues histoires d'amour qu'elle avait vécues à l'université avaient été désastreuses, et elle savait très bien que sa famille désespérait qu'elle trouve un mari.

Kitty soupira. A présent, elle ne désirait plus qu'une chose — retrouver l'atmosphère calme et solitaire de la bibliothèque du palais et ses livres. Le roi, son père, avait partagé sa fascination pour l'histoire du royaume d'Adamas, et elle chérissait les souvenirs des soirées qu'ils avaient passées ensemble à faire des recherches sur leurs ancêtres. Depuis sa mort, rien n'était plus comme avant. Un jour prochain, Sebastian serait couronné roi et elle lui accorderait tout son soutien, mais le roi Aegeus lui manquerait terriblement.

Submergée par une vague de chagrin, Kitty se mordit la lèvre et retint ses larmes. Comme la reine Tia, sa mère, elle devait se contrôler en public. Mais, soudain, elle s'en sentait incapable. Fatiguée de cette réception, elle se dirigea vers la terrasse. Un parfum de jasmin et de chèvrefeuille flottait dans la nuit chaude. Après le bourdonnement des voix de la salle de réception, le silence était merveilleux, hélas, sa tranquillité ne dura pas longtemps.

— Tiens, tiens. Kitty Karedes! Quelle surprise... Lorsque j'ai vu une femme sortir furtivement de la salle de bal, j'ai pensé qu'elle allait rejoindre un amant...

— Vasilis! Je te mentirais si je disais que je suis ravie de te voir. Remarque, je ne suis pas étonnée que tu espionnes les amants, répliqua Kitty avec mépris.

Face à Vasilis Sarondakos, elle se sentait envahie par la même répulsion qu'autrefois. Elle lui tourna le dos, espérant qu'il comprendrait le message et la laisserait tranquille. Malheureusement, Vasilis n'était pas réputé pour sa finesse.

Les Sarondakos formaient l'une des plus grandes familles de l'aristocratie d'Aristos et le père de Vasilis, Constantine, avait été un ami proche du père de Kitty. A dix-huit ans, alors qu'elle était encore terriblement naïve, n'ayant jamais eu de petit ami, elle avait accepté un rendez-vous avec Vasilis, sur les encouragements de son père. Mais, quand celui-ci, complètement ivre, avait essayé d'abuser d'elle, elle avait été profondément traumatisée. Il lui avait dit qu'elle possédait un corps voluptueux, fait pour le sexe, si bien qu'elle s'était sentie coupable. Elle portait une robe si courte, lui avait-il reproché, c'était elle qui l'avait provoqué...

Beaucoup trop honteuse, elle n'avait jamais raconté ce qui s'était passé à sa famille.

Le souvenir de son haleine chargée d'alcool et de ses mains moites déchirant sa robe, puis touchant ses seins, la hantait encore. Et lorsque, quelques années plus tôt, son père lui avait dit qu'il serait heureux de la voir épouser le fils de son cher ami Constantine, il était resté stupéfait devant le refus catégorique de sa fille.

— Alors, toujours pas de mari à l'horizon, Kitty ? lui lança Vasilis d'un ton provocateur. Tu aurais dû accepter de m'épouser quand je te l'ai proposé.

A présent, il s'était approché si près qu'elle se retrouva coincée entre lui et le mur de pierre qui entourait la terrasse.

— Je préférerais avaler du poison, fit-elle brutalement.

Elle voulut s'écarter de lui, mais il avait posé les mains de chaque côté d'elle, sur le muret, la retenant prisonnière. Cinq cents invités se tenaient à quelques mètres d'eux, ainsi que ses trois frères ultra-protecteurs, aussi n'avait-elle rien à craindre de Vasilis. Néanmoins, elle détestait son sourire effronté et la façon dont il la regardait, comme s'il la déshabillait mentalement.

— Vraiment ? répliqua-t-il en éclatant de rire. Peut-être ne devrais-tu pas être aussi catégorique, ma belle. Il y a quelques jours, Sebastian me confiait justement son inquiétude à ton sujet. Il craint que tu ne finisses vieille fille, avec tes livres pour seule compagnie.

— J'ai vingt-six ans, pas quatre-vingt-six, riposta vivement Kitty. Et je ne crois pas un seul instant que Sebastian ait parlé de ma vie privée avec toi.

— Comme tu n'en as pas, il aurait eu du mal, en effet.

Vasilis éclata de rire avant de continuer d'un ton badin :

— Je parie que tu es encore vierge, Kitty ! Sais-tu que beaucoup de gens te croient lesbienne ? Peut-être est-ce pour cela que Sebastian voudrait bien te voir mariée. Avec toutes ces rumeurs qui courent autour du diamant Stefani, et le fait que Sebastian repousse le couronnement… On raconte même que ton cousin Zakari de Calista réclame l'accession au trône. Le peuple d'Aristos est déjà très déstabilisé ; la famille Karedes n'a vraiment pas besoin d'un nouveau scandale.

— Il n'y a aucun scandale ! Et Sebastian *sera* couronné dès que possible, dit-elle fermement. Zakari est le roi de Calista, mais il n'a aucun droit sur la couronne d'Aristos.

Comment Vasilis avait-il bien pu apprendre que le diamant était un faux ? se demandait-elle avec inquiétude. En tout cas, elle n'allait certainement pas confirmer la rumeur.

— Le peuple d'Aristos n'a aucune raison d'être inquiet, continua-t-elle. Et pour revenir à notre sujet, je ne t'épouserai jamais !

Puis, rassemblant toutes ses forces, elle repoussa le bras de Vasilis jusqu'à ce qu'elle réussisse à se libérer.

— Laisse-moi tranquille, Vasilis. Tu me dégoûtes. Si je n'ai jamais raconté à ma famille ce qui s'était passé entre nous, c'est uniquement par respect envers l'amitié qui liait nos deux pères. Mais maintenant que Père est mort, si jamais tu essaies de nouveau de m'approcher, je raconterai tout à mes frères et, crois-moi, tu ne seras plus le bienvenu au palais.

— Ce sera ma parole contre la tienne, marmonna Vasilis.

Mais il n'insista pas. Les membres de la famille Karedes se serreraient les coudes, aussi savait-il qu'ils s'uniraient contre lui.

— De toute façon, tu crois vraiment que je pourrais avoir envie d'épouser un glaçon ? poursuivit-il méchamment. Tu as de sérieux complexes par rapport au sexe, Kitty. Je crois que tu ferais bien de suivre une thérapie.

— Je n'ai pas de complexes…, fit Kitty entre ses dents en voyant Vasilis lui sourire effrontément avant de se diriger d'un pas décontracté vers les portes-fenêtres.

Elle aurait dû rejoindre le bal elle aussi, mais elle s'en sentait incapable. Les phrases cruelles de Vasilis résonnaient dans son esprit, renforçant son sentiment d'échec.

En tant que princesse royale, elle était supposée être belle et attirante. Elle aurait dû étinceler au cours de ces manifestations mondaines, impressionnant tout le monde par sa sophistication et son intelligence. Au lieu de cela, elle avait été prise pour une serveuse par Nikos Angelaki.

A quoi allait ressembler sa vie ? se demanda-t-elle avec désespoir. Finirait-elle vieille fille comme l'avait prophétisé Vasilis ? Sans amour ni passion, s'accrochant au souvenir du soir où un magnat grec, sexy et beau comme un dieu, l'avait *presque* embrassée ? Des larmes plein les yeux, Kitty se sentit plus seule que jamais.

Avec un cri étouffé, elle se précipita vers l'escalier qui menait au jardin et le descendit rapidement. Tout à l'heure, elle avait remarqué que la grande majorité des invités étaient venus en couple, alors qu'elle était une princesse solitaire et encore vierge, coincée entre ses obligations et le protocole. Ses frères et sa sœur semblaient s'en accommoder parfaitement et bien mener leur existence, mais elle ? Etant née au palais, elle avait toujours aimé y vivre mais, brusquement, elle désirait désespérément s'en échapper, fuir ses devoirs princiers pour découvrir qui était vraiment Kitty Karedes.

Elle se mit à courir dans les allées des jardins, loin des lumières qui s'écoulaient par les larges fenêtres de la salle de bal. Elle se dirigea vers la barrière secrète et presque entièrement recouverte de rosiers grimpants. A la lueur de la lune, elle trouva facilement la brique derrière laquelle une clé était dissimulée. Quelques secondes plus tard, elle descendait l'étroit sentier qui conduisait à une petite grotte située au pied de la falaise.

« Que Vasilis Sarondakos aille au diable ! », songea-t-elle en s'essuyant les yeux. Elle ne resterait pas célibataire ; elle n'avait aucun complexe et puis, qu'y avait-il de mal à être encore vierge à vingt-six ans ? Elle n'en était pas moins femme pour autant ! Après s'être débarrassée rapidement de ses chaussures, elle s'approcha du bord de l'eau, déjà apaisée par le doux clapotis des vagues venant mourir sur le rivage.

Personne ne viendrait la déranger là. Cette petite baie était privée et le seul chemin qui y menait était le sentier qu'elle avait emprunté — et que quasiment personne ne connaissait en dehors de sa famille.

20

La lumière diffusée par la lune se répandait sur la mer, la faisant ressembler à un immense lac d'argent. Cette fois, Kitty était absolument seule. Poussée par une impulsion subite, elle déboutonna son affreuse robe noire et la fit glisser sur ses hanches. Après avoir déposé précautionneusement ses lunettes sur un rocher et avoir ôté les épingles qui retenaient ses cheveux, elle secoua la tête si bien que ses longs cheveux lui caressèrent les épaules et le dos.

Elle se sentait merveilleusement bien. Qu'est-ce que cela pouvait bien faire si elle n'avait pas les proportions d'un mannequin ? Les femmes étaient faites pour avoir des seins, et elle n'avait pas honte des siens. En un moment de défi envers toutes les contraintes qu'elle subissait, elle dégrafa son soutien-gorge et le laissa tomber sur sa robe. Puis elle se débarrassa de sa culotte avant de courir nue vers l'eau, les cheveux flottant au vent.

Nikos n'était pas mécontent que le bal se termine enfin. Il était venu à Aristos après une semaine d'intenses négociations à Dubaï, et les journées de dix-huit heures qu'il avait passées dans des salles de conférences le rattrapaient. Il aimait beaucoup le prince Sebastian, il l'admirait même, mais il était fatigué des autres invités et de leurs bavardages souvent insipides, ainsi que des tentatives à peine dissimulées de certaines femmes, prêtes à le suivre au lit.

Peut-être en avait-il assez des blondes, songea-t-il en sortant sur la terrasse, une bouteille de champagne à moitié pleine dans une main et sa veste de smoking jetée sur l'épaule. Toute la soirée, il avait essayé de chasser de son esprit l'image de la serveuse, Rina. En vain. Après leur confrontation dans la salle de banquet, il ne l'avait pas revue, mais il n'avait pas rêvé, il en était sûr. Une véritable attirance avait frémi entre eux. Bon sang, cette femme avait réussi à susciter sa curiosité — et même beaucoup plus.

Après avoir descendu l'escalier de pierre, il s'avança dans les jardins plongés dans la pénombre. Le palais était aussi stupéfiant qu'il l'imaginait lorsque sa mère lui parlait de l'époque où elle y avait été servante.

Arrivé au bout des jardins, il allait faire demi-tour quand il se souvint que sa mère lui avait raconté qu'il existait une barrière secrète, dissimulée dans un mur, par laquelle on pouvait accéder à un sentier menant à une petite plage privée. Poussé par la curiosité, il prit une lanterne chinoise qui éclairait l'allée et se dirigea vers le mur. La barrière était bien là, dans un coin, et cachée par les rosiers qui grimpaient devant et tout autour. Il la poussa, s'attendant à la trouver verrouillée, mais, à sa grande surprise, elle s'ouvrit sans difficulté. Intrigué, il s'engagea sur le sentier qui descendait devant lui.

Au bas de la petite pente, Nikos découvrit une ouverture dans les rochers et se baissa pour entrer dans la grotte. Apparemment, la mer ne montait jamais aussi loin. Dans l'air régnait un léger parfum d'algues et de l'autre côté de la grotte, il voyait l'eau scintiller sous la clarté de la lune. Alors qu'il s'avançait sur la plage, il s'arrêta, le cœur battant. Durant un instant, il se demanda s'il était en proie à un mirage, mais la femme qui se tenait à quelques mètres devant lui était bien réelle. Et les rondeurs délicieuses de sa silhouette étaient reconnaissables entre mille.

Kitty traversa la baie sur toute sa largeur avant de revenir en sens inverse, en de longues brasses vigoureuses. Puis elle se retourna sur le dos et contempla la lune et les étoiles qui parsemaient le ciel. Elle se sentait merveilleusement bien. Il y avait quelque chose de très sensuel dans la caresse de l'eau sur son corps nu. Elle adorait nager dans la mer, elle s'y sentait aussi légère et gracieuse qu'une naïade.

S'il la voyait à cet instant, Vasilis ne lui dirait plus qu'elle avait des complexes, songea-t-elle en se retournant sur le ventre avant de laisser les vagues la porter vers le rivage. Eclairée seulement par la lune, la plage semblait très mystérieuse, et les énormes pierres qui montaient la garde de chaque côté de la baie ressemblaient à des géants sans visage. Pourtant, en dépit de l'obscurité et de sa mauvaise vue, elle aperçut distinctement la silhouette d'un homme. Son cœur se mit à bondir dans sa poitrine.

Mon Dieu ! Vasilis l'avait-il suivie ? La terreur lui nouait le ventre. Au même instant, une vague la prit par surprise et la renversa. Quand elle refit surface en recrachant l'eau qu'elle avait avalée, elle se retint désespérément de tousser pour ne pas attirer l'attention de l'intrus. Ce devait être Vasilis. Parmi les invités, peu de gens connaissaient l'existence du sentier menant à la plage. Vasilis, lui, était venu ici plusieurs fois avec les frères de Kitty.

La perspective de se retrouver face à lui la remplissait d'une véritable terreur. A deux pas de la salle de bal, Vasilis n'aurait jamais osé poser la main sur elle mais là, sur cette plage isolée et déserte, il n'y avait personne pour lui venir en aide. Même si elle se mettait à hurler… Qui l'entendrait ?

Des nuages passèrent devant la lune, plongeant la baie dans l'obscurité totale. Saisissant sa chance, Kitty s'avança rapidement sur le sable et s'accroupit derrière un rocher. Lorsque l'homme se dirigea vers elle, elle sentit son souffle se bloquer dans sa poitrine et son cœur cogner horriblement.

— Hello, Rina, dit-il négligemment. C'est la deuxième fois que je vous surprends à ne pas faire votre travail. Ne devriez-vous pas être en train de servir les invités ?

Durant quelques secondes, Kitty fut si choquée qu'elle ne put prononcer un mot.

— Vous ! s'exclama-t-elle enfin quand la lune éclaira le beau visage de Nikos Angelaki.

L'attaque était la meilleure tactique à adopter, même si elle était forcée de rester derrière son rocher à cause de sa nudité. Elle lui lança donc d'une voix agressive :

— Savez-vous que vous êtes en infraction ? Cette plage est une propriété privée.

— En effet. Elle appartient à la famille royale et Sebastian m'a donné la permission d'y venir, mentit calmement Nikos. La seule intruse ici, c'est vous, car je ne pense pas que vous ayez l'autorisation d'utiliser cette plage, n'est-ce pas, Rina ?

Kitty le regarda en silence. Comment le détromper sans lui dévoiler son identité ? Horriblement consciente de sa nudité, elle aurait voulu que la terre s'ouvre et l'engloutisse.

— La soirée n'est pas encore terminée. Que faites-vous ici ? demanda-t-elle d'une voix affreusement embarrassée.

Nikos Angelaki haussa les épaules avec insouciance.

— J'avais chaud, aussi ai-je décidé d'aller faire un tour pour me rafraîchir. Quand je suis sorti de la grotte et que je vous ai aperçue, j'ai eu du mal à en croire mes yeux.

— Vous auriez pu manifester votre présence. Je pensais être seule, dit misérablement Kitty, mortifiée.

Seigneur, pourvu que Nikos Angelaki soit arrivé quand elle était déjà dans l'eau...

— Je craignais de vous effrayer, répliqua-t-il d'une voix légèrement moqueuse. D'autre part, quel homme digne de ce nom aurait pris le risque de gâcher un tel spectacle ?

Il s'interrompit un bref instant avant d'ajouter tranquillement :

— Vous regarder dévoiler lentement votre corps a constitué l'expérience la plus érotique que j'ai jamais vécue.

Kitty avait remarqué confusément que la note moqueuse de sa voix avait été remplacée par une tonalité plus rauque, plus profonde, qui provoquait une réaction inconnue mais délicieuse au creux de ses reins. Cependant, elle était horrifiée à l'idée d'avoir dévoilé ses rondeurs qu'elle méprisait tant à cet homme — au superbe Nikos Angelaki.

— Vous êtes dégoûtant ! protesta-t-elle. Si vous étiez un gentleman, vous auriez fermé les yeux.

Le beau rire grave de Nikos Angelaki résonna sur la plage déserte.

— Mais je n'ai jamais prétendu être un gentleman, Rina ! s'exclama-t-il. Je suis un pirate, un opportuniste qui n'a de comptes à rendre à personne et qui fait ce qu'il lui plaît.

Sa voix se chargea soudain d'une note terriblement sexy.

— Et je vous assure, *agape*, que vous m'avez offert un spectacle qui m'a énormément plu.

Comment réagir à cette remarque déstabilisante ? se demanda nerveusement Kitty. Refermant les bras autour de son buste, elle se redressa un peu et regarda prudemment au-dessus du rocher.

Nikos contempla son épaule nue qui apparaissait maintenant. Elle était aussi irrésistible qu'une sirène sortie d'un récit de la mythologie grecque, songea-t-il. Ses longs cheveux noirs ruisselaient autour de son visage aux traits délicats. Diable, quand il l'avait vue ôter ses vêtements, il avait été si excité qu'il s'était presque senti embarrassé…

Lorsqu'il l'avait aperçue, il avait d'abord pensé qu'elle était venue retrouver un amant sur la plage. Mais personne n'était apparu et, à dire vrai, il avait été si sidéré de la voir se déshabiller avant de courir nue vers la mer, qu'il était resté figé sur place et muet devant la beauté de ses formes ravissantes.

La lune avait projeté un doux éclat sur chacune de ses courbes exquises, teintant sa peau satinée de reflets argentés. Tout en retenant son souffle, Nikos l'avait regardée détacher ses boucles brunes qui étaient tombées sur son dos en de longues ondulations soyeuses. Et lorsqu'elle avait dégrafé son soutien-gorge, il avait laissé échapper un soupir, presque une plainte, à la vue de ses seins pleins et crémeux — offerts à lui seul.

Sa virilité avait aussitôt réagi, et très violemment. A tel point que le désir de s'enfoncer entre ses cuisses adorables restait encore extrêmement vif. A vrai dire, il était heureux d'être protégé par l'obscurité. Diable, il avait beau se répéter qu'il préférait les grandes blondes minces, rien ne parvenait à calmer son excitation.

Il désirait cette femme si puissamment… Il aurait voulu lui faire l'amour là, sur le sable, sous les étoiles, avec une passion qui était aussi sauvage que cette plage…

3.

En dépit de la douceur de la nuit, Kitty frissonna. Si ses seins s'étaient durcis, c'était parce qu'elle avait froid, pas à cause de la proximité troublante de l'homme le plus sexy qu'elle eût jamais rencontré, se dit-elle avec force.

Elle serra les dents pour les empêcher de claquer. Pourquoi ne retournait-il pas au château ? Sa robe se trouvait quelque part de l'autre côté de la plage, mais elle préférait rester derrière son rocher toute la nuit, quitte à risquer l'hypothermie, plutôt que de s'exhiber nue devant lui. Surtout qu'il l'avait déjà vue une fois alors qu'elle ignorait sa présence. Elle rougit à cette pensée. Pas question qu'elle s'offre de nouveau en spectacle.

— Tenez, mettez ceci pendant que je vais chercher vos vêtements, dit Nikos en s'approchant du rocher avant de déposer sa veste dessus.

Kitty s'en empara avec reconnaissance et l'enfila. Sur elle, la veste semblait immense, lui arrivant à mi-cuisse. Mais la doublure de soie sur sa peau lui faisait l'effet d'une véritable caresse. En plus, elle contenait encore la chaleur du corps de Nikos et Kitty sentait le parfum musqué de son eau de toilette. Elle inspira profondément en resserrant les pans de la veste autour de son buste.

Une coulée de lave brûlante parcourut ses veines tandis qu'elle s'imaginait que c'était lui qui l'enveloppait dans ses bras. Soudain, elle se rappela le fantasme fou qu'elle avait nourri quelques heures plus tôt. N'avait-elle pas imaginé qu'il lui faisait l'amour sur la table, dans la salle de banquet ? A présent, elle ne désirait qu'une chose — qu'il se déshabille et qu'il la renverse sur le sable.

Seigneur, que lui arrivait-il ? Les joues en feu, Kitty leva les yeux vers lui. Il baissa aussitôt les paupières, lui dissimulant son expression. Mais elle avait eu le temps d'apercevoir le désir incandescent qui couvait au fond de ses yeux. Car, en dépit de son manque d'expérience, elle avait reconnu ce même désir qui la dévorait.

Elle frissonna de nouveau et, cette fois, tout son corps se mit à trembler. Ainsi, l'alchimie qui vibrait entre eux était tout à fait réelle. Aussi incroyable que cela puisse paraître, Nikos Angelaki — le play-boy aux innombrables conquêtes féminines — la trouvait attirante.

Pour la première fois de sa vie, Kitty se sentait désirable et elle savourait ce moment. Il fallait qu'elle en profite, avant qu'il ne se rende compte qu'elle était trop petite, trop ronde et trop ordinaire pour retenir son attention plus longtemps.

— Vous feriez mieux d'aller dans la grotte, vous y auriez plus chaud, dit-il soudain.

Il avait parlé d'une voix si dure que Kitty se demanda ce qui l'avait irrité. Lorsqu'il se détourna pour s'éloigner, elle hésita, le cœur battant à tout rompre. Puis, enfin, elle sortit de derrière son rocher et se dirigea rapidement vers la grotte.

Presque au même instant, il réapparut. Il lui saisit le bras, la faisant pivoter vers lui.

— Je suppose que vous avez besoin de ceci, murmura-t-il en dépliant les branches de ses lunettes avant de les lui poser sur le nez.

— Merci.

Kitty demeura immobile, fascinée. Elle contemplait ses traits fabuleux. A présent, elle le voyait mieux, grâce à ses lunettes. Les doux rayons de la lune faisaient ressortir les reliefs sculptés de son visage, et elle ne pouvait détourner les yeux de sa bouche au dessin parfait.

Après avoir poussé un bref soupir, il lui prit de nouveau le menton et leva son visage vers le sien.

— On ne vous a jamais dit que c'était dangereux de nager seule dans la mer ? demanda-t-il d'une voix agacée. Vous auriez pu être entraînée par le courant, sans que personne ne le sache.

Nikos laissa descendre son regard sur son buste enveloppé dans sa veste tandis qu'il essayait en vain de chasser la vision d'elle courant nue sur le sable.

— Dites-moi, nagez-vous souvent nue au clair de lune ?

— Non, bien sûr que non, répondit aussitôt Kitty.

Ce n'était pas tout à fait vrai, reconnut-elle en silence. Comme elle détestait se montrer en maillot de bain, elle venait souvent nager seule dans l'obscurité, à l'abri de tout regard.

— Je sais que cette plage est privée, poursuivit-elle, et je pensais que je n'y serais pas dérangée. Et comme vous, j'avais besoin d'un peu d'air frais, mais la mer était si tentante que j'ai été prise d'une folle envie de... me déshabiller et d'aller me baigner.

— Vraiment ?

Cette fois, la voix de Nikos avait été douce comme du velours, caressant sa peau et faisant frémir tout son être. La sensualité qui était née entre eux depuis qu'il était apparu sur la plage devenait exacerbée, et elle se sentait en proie à un vertige délicieux.

— Que faites-vous ? murmura-t-elle quand il lui ôta ses lunettes avant de les glisser dans la poche de sa veste.

— Je fais comme vous — je m'abandonne à une folle envie, dit-il d'une voix rauque en l'attirant contre lui. Cette même envie que nous avons tous deux ressentie dans la salle de banquet.

Kitty se mit à secouer frénétiquement la tête.

— Ne le niez pas, Rina. J'ai vu à quoi vous pensiez.

Puis il pencha lentement la tête vers elle. Kitty eut alors l'impression que tout se passait soudain au ralenti. Elle se sentait déchirée entre l'envie de se dégager et de s'enfuir vers le palais et le désir, très troublant, de rester et de s'abandonner dans les bras de cet homme.

Quand il la vit s'humecter nerveusement les lèvres avec le bout de sa langue, Nikos sentit sa virilité réagir aussitôt. Cela faisait très longtemps qu'il n'avait pas ressenti un tel désir pour une femme, songea-t-il confusément. Il rapprocha encore son visage du sien et, avec une lenteur délibérée, prit le temps d'explorer le contour de ses lèvres avec sa langue, avant de prendre sa bouche avec une passion qu'il ne pouvait plus refréner.

Jusqu'au dernier moment, Kitty crut qu'il n'allait pas l'embrasser. Mais quand il lui caressa doucement la bouche avec sa langue, elle fut incapable de l'arrêter. Et lorsqu'il s'aventura entre ses lèvres, elle le laissa faire en poussant un gémissement involontaire.

Dès qu'il l'avait touchée, elle s'était sentie perdue, entraînée dans un tourbillon de sensations délicieuses et possédée par un désir sexuel d'une intensité qu'elle n'avait jamais éprouvée auparavant.

Nikos glissa la main sur la nuque de Rina et inclina légèrement sa tête pour approfondir son baiser. Elle lui répondit immédiatement, ce qui produisit un effet dévastateur sur sa libido. Il referma alors son autre main sur ses reins et la pressa contre lui — contre l'érection qui réclamait l'assouvissement de plus en plus urgemment.

Rina était petite et douce et, sous sa veste, il sentait les contours de ses formes épanouies. Sa peau avait le goût de la mer, remarqua-t-il quand il laissa descendre sa bouche sur sa clavicule et la caressa du bout de sa langue. A l'inverse des femmes qu'il fréquentait habituellement, il y avait quelque chose de naturel en cette femme, de terrien, de presque *païen*, qui l'ébranlait au plus profond de lui-même. Oui, elle était *naturellement sensuelle*, songea-t-il en regardant ses seins, visibles par l'ouverture de sa veste. Cette femme était en accord total avec sa féminité, et il devinait d'instinct qu'elle serait une maîtresse généreuse, recélant des trésors d'inventivité.

Il reprit sa bouche en glissant une main sous le vêtement, avant de passer doucement les doigts sur ses seins fermes et pleins.

A sa grande surprise, la jeune femme tressaillit violemment, comme si elle avait peur. Sentant son hésitation, il retira la main.

Theos, cette Rina était une véritable sorcière, une sirène qui lui faisait tout oublier, mis à part le désir désespéré de s'enfouir en elle et de la posséder. Mais il sentait la soudaine tension qui s'était emparée d'elle et, au prix d'un effort surhumain, il écarta sa bouche de la sienne avant de la regarder.

— C'est de la folie pure, dit-il d'une voix rauque. S'il nous restait un peu de bon sens, nous retournerions au palais avant qu'il ne soit trop tard. Mais tout bon sens semble m'avoir abandonné, Rina, alors c'est à toi de décider. Veux-tu que nous nous arrêtions là ? Ou veux-tu rester avec moi et boire du champagne au clair de lune ?

Kitty hésita, perdue. Nikos venait simplement de lui demander de boire du champagne avec lui et, pourtant, elle avait l'impression de se trouver à un moment décisif de son existence.

Elle essaya de contrôler les battements frénétiques de son cœur. Attendant sa réponse, il l'observait avec une intensité presque insoutenable. Aucun homme ne lui avait jamais proposé de boire du champagne au clair de lune. Aucun homme ne l'avait jamais embrassée comme Nikos venait de le faire, ni n'avait éveillé la passion qui avait sommeillé en elle depuis si longtemps.

Après avoir passé son temps à respecter son devoir et le protocole, elle avait le sentiment de découvrir enfin la vraie vie. Nikos Angelaki lui faisait l'effet d'une bouffée d'air frais. Il était ténébreux, sexy et dangereux, mais, avec lui, elle devenait soudain capable de toutes les audaces. Et grâce à la passion qu'elle voyait luire dans ses yeux, elle se sentait désirable pour la première fois de sa vie.

Seigneur, elle avait l'impression de se trouver au bord d'un véritable précipice, songea-t-elle en se forçant à soutenir ce regard brûlant.

— J'aime beaucoup le champagne, chuchota-t-elle timidement, choquée par sa propre témérité.

Il ne dit rien et, pendant quelques secondes atroces, elle crut qu'il avait changé d'avis. Mais, tout à coup, un lent sourire illumina son visage.

— Alors, viens, dit-il en lui prenant la main.

Rien que ce simple geste de refermer les doigts sur les siens était totalement nouveau pour elle. A vingt-six ans, elle n'avait jamais marché sur une plage main dans la main avec un amant. Brusquement, elle se rendit compte qu'elle était passée de l'enfance à l'âge adulte sans s'en rendre compte, absorbée par ses études et son travail pour le musée. Elle était devenue une jeune femme sans avoir eu de relations amoureuses, sans vivre la moindre histoire d'amour.

Docilement, elle avait accompli son devoir, parce qu'elle avait été éduquée ainsi, dans la conscience de sa position et des privilèges qui revenaient à la famille royale. Cependant, Nikos ignorait son identité. Eh bien, puisqu'il la prenait toujours pour Rina la serveuse, Kitty pouvait se permettre de mener une vie normale pendant quelques heures. Etre juste une femme qui venait de rencontrer un homme, totalement libre de céder à l'attirance qui les unissait.

La grotte était éclairée par un lampion qu'il avait dû apporter du jardin. La pâle clarté qui en émanait renforçait la beauté de ses traits ciselés et elle contempla avec un frémissement sa bouche sensuelle et bien dessinée.

Il s'assit sur le sable sec. Il était encore temps qu'elle s'en aille, songea-t-elle avec un reste de bon sens. Avant qu'elle ne commette un acte qu'elle regretterait ensuite. Mais ses pieds semblaient ancrés dans le sol et déjà il tapotait le sable à côté de lui. Elle s'avança lentement.

— Tiens, bois, dit-il en lui tendant la bouteille de champagne. Tu frissonnes de nouveau.

L'air parfaitement détendu, il s'était appuyé sur un coude, exposant ainsi son corps mince et puissant. Sa chemise de soie blanche était ouverte à l'encolure, révélant sa peau mate et une fine toison sombre. Il était si viril, songea Kitty avant de s'agenouiller à côté de lui pour prendre la bouteille.

— Ce n'est pas trop correct de boire directement à la bouteille, murmura-t-elle. C'est plutôt... décadent.

— *Décadent ?*

Le rire bas et terriblement sexy de Nikos résonna dans la grotte.

— Quel curieux mélange de contradictions tu fais, Rina ! Tu es aussi prude qu'une gouvernante du dix-neuvième siècle et pourtant, tu te baignes nue au clair de lune. Dois-je te rappeler que tu ne portes rien sous ma veste ?

Elle rougissait de façon si adorable, songea Nikos en voyant son visage s'empourprer. Depuis combien de temps n'avait-il pas vu une femme se troubler ainsi ? Celle-ci était vraiment un curieux mélange, se dit-il en repensant à la façon dont elle avait répondu à ses baisers. Au début, on aurait presque dit que l'expérience était nouvelle pour elle mais, après une première hésitation, elle lui avait offert sa bouche et lui avait rendu ses baisers avec une passion farouche.

A cet instant, Nikos prit la bouteille de champagne qu'elle lui tendait, avant d'en avaler une longue goulée. En lui demandant de rester avec lui, il avait cédé à une impulsion déraisonnée et maintenant, il le regrettait déjà. Il ne prenait jamais de décisions irréfléchies mais, pour une raison inconnue, Rina perturbait son cerveau froid et logique — ainsi que d'autres régions de son anatomie. Il désirait l'embrasser encore, ne jamais s'arrêter, mais il se força à se détendre et à résister à la tentation de goûter le champagne sur ses lèvres roses et pulpeuses.

— Dis-moi, Rina, commença-t-il d'un ton léger, qu'est-ce qui t'a poussée à devenir serveuse ?

Kitty tressaillit. Oh, Seigneur… Comment répondre à cette question ?

— Je… Hum…, bredouilla-t-elle, tout en se disant qu'il serait grand temps qu'elle songe à s'en aller. J'avais besoin de travailler. Comme la plupart des gens, je dois gagner ma vie et je… je ne sais rien faire d'autre.

Elle songea aux années passées à étudier pour obtenir son diplôme, aux longues heures qu'elle consacrait à son travail au musée d'Aristos…

— As-tu toujours vécu à Aristos ?

Cette fois, il était plus facile de lui répondre.

— Oui. Je suis née ici et je n'ai aucun désir de vivre ailleurs. Aristos est le plus bel endroit du monde.

Nikos rit doucement.

— As-tu visité beaucoup d'autres pays… ?

— Eh bien… Non.

Etant donné qu'elle était censée travailler comme serveuse pour gagner sa vie, comment aurait-elle pu lui dire qu'elle avait passé un an à voyager à travers l'Europe, visitant Paris, Rome, Londres, Venise et Florence… Voyage suivi de six mois dans une très bonne école en Suisse. Partout, elle avait séjourné dans des palais royaux, des manoirs à la campagne ; elle avait découvert des musées fabuleux et avait fait des excursions dans les lieux les plus réputés. Mais nulle part elle n'avait trouvé de merveilles comparables à Aristos.

— Je suis chez moi ici, dit-elle fermement. Et j'aime mon pays.

La passion qui se devinait dans sa voix intriguait Nikos.

— As-tu de la famille à Aristos ? demanda-t-il avec curiosité.

Comment réagirait-il si elle lui avouait maintenant que sa famille régnait sur Aristos depuis des générations ? s'interrogea-t-elle en se sentant de plus en plus piégée dans son propre mensonge.

— J'ai une mère, une sœur, des frères…

Après tout, elle ne mentait qu'à moitié. Mais, le cœur serré, elle songea à la personne qui manquait à cette liste.

— J'ai perdu mon père il y a quelques mois, ajouta-t-elle tristement.

— Je suis désolé.

Kitty avait perçu une note de compassion dans la voix de Nikos. Soudain, les larmes lui montèrent aux yeux.

— Il me manque terriblement, avoua-t-elle. Parfois, je vois son visage, j'entends sa voix, et je n'arrive pas à croire qu'il n'est plus là.

Quand elle leva la main pour s'essuyer les yeux, Nikos arrêta son geste. Gardant ses doigts refermés autour des siens, il lui passa doucement le pouce sur la joue pour en effacer la trace humide.

— Excuse-moi, murmura-t-elle.

Seigneur, elle ne voulait pas pleurer devant lui. Non seulement son chagrin était trop intime pour le partager avec quiconque, mais l'une des règles d'or qui prévalaient dans la famille royale était de garder le contrôle de ses émotions — en toutes circonstances.

Embarrassée par sa propre faiblesse, elle voulut s'écarter de Nikos, mais celui-ci lui passa un bras autour des épaules et l'attira contre lui.

— Ne t'excuse pas, dit-il calmement. Je sais ce que cela fait de perdre un parent. Ma mère est morte il y a de nombreuses années mais je ne l'oublierai jamais. Tu n'oublieras pas non plus ton père, Rina. Cependant, les souvenirs deviendront moins douloureux et, finalement, tu penseras à lui sans tristesse.

Doucement, il repoussa ses cheveux de son visage. Kitty ferma les yeux. Son souffle tiède lui caressait la joue et, quand elle leva les yeux sur lui, elle se sentit plonger dans les profondeurs insondables de son regard. Nikos était si fort, si vivant… Elle avait envie d'absorber un peu de sa force parce que, soudain, elle se sentait faible et perdue, et affreusement solitaire au fond d'elle-même.

Sans plus réfléchir, elle posa une main tremblante sur sa poitrine et sentit le battement régulier de son cœur sous ses doigts. Un silence absolu régnait dans la grotte, comme s'ils étaient coupés du monde extérieur. Elle entendait la respiration de Nikos, de moins en moins régulière, de plus en plus hachée, comme les battements de son cœur. Elle le regarda de nouveau et se sentit hypnotisée par sa beauté.

Nikos frémit en sentant la main de Kitty sur son torse. Il se rendait parfaitement compte qu'il aurait dû bouger, afin de rompre le charme duquel il était prisonnier. Mais ses muscles semblaient figés. A la lueur du lampion, les larmes qui perlaient au bord des cils de Rina scintillaient comme de minuscules diamants, et il se sentait étrangement ému par la tristesse qui assombrissait ses yeux.

Cela faisait plus de quinze ans que sa mère était morte à présent, mais il se souvenait encore de la douleur qu'il avait ressentie : la sensation qu'on lui avait *déchiré* le cœur. L'adolescent qu'il avait alors été s'était vu devenir adulte du jour au lendemain, contraint d'accepter la dure réalité — la seule personne qui l'avait jamais aimé était partie.

Rina avait l'air si bouleversée… Ses yeux semblaient lui demander du réconfort en silence. Nikos se pencha vers elle et effleura sa bouche avec la sienne. Durant quelques instants, elle ne réagit pas, mais elle ne s'écarta pas pour autant. Délicatement, il la serra contre lui.

Peu à peu, il la sentit se détendre et, bientôt, elle le laissa de nouveau s'aventurer entre ses lèvres douces. Elle avait un goût délicieux, songea-t-il en s'émerveillant de la saveur de sa bouche, mêlée à celle du champagne.

Lentement, Nikos resserra son bras autour d'elle et glissa une main dans ses cheveux. Ils étaient doux comme de la soie. Des sensations de plus en plus vives se déployaient en lui tandis qu'il caressait les mèches bouclées d'une belle nuance châtain foncé aux reflets auburn.

Kitty se laissa aller à la douce caresse des lèvres de Nikos qui se transforma peu à peu en un baiser exigeant et passionné. Elle était incapable de dire comment ils en étaient arrivés là. Tout ce qu'elle savait, c'était que sa bouche dévorait la sienne avec de plus en plus d'ardeur et que leurs langues se livraient à une sorte de ballet d'un érotisme à peine soutenable.

Au fond d'elle, elle était consciente de s'aventurer dans des eaux *très* dangereuses. Elle savait qu'il était plus sage de se retirer dès maintenant, avant de se trouver emportée par le courant. Mais elle ne souhaitait pas s'écarter de cet homme qui la tenait dans ses bras. Elle ne voulait pas se retrouver seule ni être privée de sa délicieuse chaleur. Elle désirait qu'il la tienne de plus en plus serrée, aussi posa-t-elle ses mains sur sa nuque et se pressa-t-elle contre lui. Et lorsqu'il s'allongea sur le sable en l'entraînant avec lui, elle ne protesta pas.

Maintenant qu'elle était étendue sur lui, elle sentait la preuve évidente de son désir pulser contre ses cuisses. C'était mal, très mal, et il fallait que cette folie s'arrête — immédiatement. Mais, quand il reprit sa bouche en un baiser lent et enivrant, elle ne put que répondre aux caresses de sa langue.

Encore quelques minutes dans ses bras, se promit-elle, ensuite elle s'en irait et retournerait à sa vie solitaire. Elle pouvait bien se permettre quelques baisers avec l'homme le plus sexy qu'elle eût jamais rencontré, non ?

Malgré ces arguments, elle se rendait bien compte qu'elle maîtrisait de moins en moins sa volonté. Un désir impitoyable la taraudait dans l'endroit le plus intime de son corps et, quand il écarta son visage du sien, elle ne put retenir un murmure de protestation.

— *Theos*, Rina ! s'exclama Nikos d'une voix rauque. Tu me fais perdre la tête. Tu devrais partir pendant que je peux encore me contrôler.

Il la contempla, le désir bouillonnant dans ses veines et, quand il vit la passion qui inondait son regard, il ajouta lentement :

— Parce que si tu ne t'en vas pas maintenant, je ne te garantis pas que je pourrai m'arrêter.

4.

Les paroles de Nikos parvinrent à Kitty dans une sorte de brouillard confus. Elle ne voulait plus penser, elle voulait sentir, toucher et se perdre dans un monde sensuel où l'entraînaient les baisers de cet homme.

Grâce à lui, elle se trouvait sur le seuil d'un univers inconnu et merveilleux. Comment Nikos pouvait-il lui proposer de lui tourner le dos ?

Soudain, elle repensa à la salle de bal. Tout le monde semblait avoir un partenaire — sauf elle. Tous ses amis se mariaient et commençaient à fonder des familles, alors qu'elle n'avait jamais eu de vrai petit ami. Kitty se souvint des paroles cruelles de Vasilis Sarondakos, lui prédisant qu'elle finirait vieille fille. Une vague de désespoir déferla dans son cœur.

Elle ne voulait plus être seule et les flammes de désir qui éclairaient les yeux de Nikos lui disaient que, si elle le désirait, elle ne le serait pas ce soir-là.

D'une main légèrement tremblante, elle lui caressa la joue avant de suivre le contour de sa bouche du bout des doigts. Elle avait encore du mal à croire qu'elle était bien là, dans cette grotte sombre, avec cet homme incroyablement beau et sexy. Son geste avait fait jaillir une lueur de désir incandescent au fond de ses yeux, devenus presque noirs à présent. A cette vue, un violent frisson la parcourut de la tête aux pieds.

Sans plus attendre, Nikos l'embrassa avec fougue, balayant ses derniers doutes.

Cependant, quand il déboutonna sa veste, elle se sentit envahie par une terrible appréhension. Le souvenir de Vasilis lui tripotant les seins lui revint à l'esprit et elle se raidit à ce souvenir. Mais Nikos n'était ni brutal ni grossier. Et quand il écarta doucement les pans de la veste et qu'elle vit son regard à la fois admiratif et sensuel, elle se sentit submergée par une sensation toute nouvelle et délicieuse. Nikos appréciait ce qu'il découvrait — plus, il la désirait.

Lorsqu'il referma doucement ses mains sur ses seins, toute panique avait disparu en Kitty.

— Ils sont si beaux, dit-il d'une voix rauque en frôlant un téton dressé du bout du doigt.

On aurait dit la caresse d'une plume, songea Kitty en fermant les yeux. La sensation était si exquise qu'elle se mit à haleter et, lorsqu'il commença à faire rouler l'autre téton entre son pouce et son index, elle sentit le plaisir se déployer au plus profond de son intimité.

Quelques instants plus tard, Nikos lui prit les mains et les posa sur sa poitrine. Les doigts tremblants, Kitty dégagea les boutons un à un, avant de repousser les pans de sa chemise et de découvrir son torse large et puissant. Sa peau mate et dorée était recouverte de fines boucles sombres qui descendaient en pointe sur son ventre ferme.

Lorsqu'il l'attira contre lui, elle retint son souffle en sentant pour la première fois ses seins se presser contre une poitrine ferme et virile. Cette sensation était si bonne, si juste et si enivrante, qu'elle ferma de nouveau les yeux tandis qu'il penchait la tête vers la sienne avant de reprendre sa bouche.

Nikos l'enlaça fermement, encore bouleversé par l'effet que Rina avait sur lui. Il se livrait parfois à des aventures d'une nuit avec des femmes sûres d'elles. Comme lui, celles-ci souhaitaient assouvir un désir primaire sans se compromettre dans une liaison, sans aucune émotion. Mais chaque fois, c'était lui qui avait posé ses conditions et, même si le sexe partagé avait toujours été agréable, il ne s'était jamais abandonné à un désir incontrôlable.

Aussi ne comprenait-il pas pourquoi ce qui se passait avec elle était si différent. Jamais il n'avait été possédé par cette envie aussi impitoyable de faire l'amour à une femme, et il était même choqué de voir qu'il ne pouvait y résister.

Frustré par ce manque de contrôle sur lui-même, il embrassa Rina avec dureté, presque avec rage, mais elle lui répondit avec une passion si vive et à la fois si douce qu'il renonça à lutter contre lui-même. Il adoucit son baiser et les caresses de sa langue se transformèrent en une danse de plus en plus excitante, de plus en plus érotique.

Après avoir écarté ses lèvres des siennes, il laissa descendre sa bouche sur son cou, puis sur ses seins, là où il avait posé les mains quelques instants plus tôt. Sa langue traça des cercles paresseux autour d'une pointe dressée vers lui jusqu'à ce qu'elle devienne ferme et dure.

Lorsqu'il aspira son téton entre ses lèvres, Kitty creusa instinctivement les reins. La sensation de la bouche de Nikos sur son sein était indescriptible. Les doigts agrippés à ses cheveux, elle poussa un cri, tandis que des sensations d'une volupté inouïe déferlaient en elle.

— Nikos…, gémit-elle en rejetant la tête en arrière au moment où il titillait l'autre téton gonflé et le soumettait à la même torture délicieuse.

Il murmura quelques mots qu'elle ne comprit pas, mais ses gestes n'étaient-ils pas plus éloquents que n'importe quelle parole ? A présent, il avait ouvert le dernier bouton de la veste et en avait largement écarté les deux pans.

Après s'être redressé, il vint s'agenouiller au-dessus d'elle. Et quand il laissa son regard errer lentement sur son corps exposé, elle se sentit rougir horriblement. Aucun homme ne l'avait jamais vue nue auparavant.

Il était temps de mettre un terme à cette folie, songea Nikos, en refoulant la protestation manifeste de sa virilité. Comment avait-il pu aller aussi loin avec cette femme ? Il n'avait pas l'intention de coucher avec une serveuse — rencontrée à peine quelques heures plus tôt. Mais il n'était pas un saint, bon sang, et

Rina était si sexy, son corps était si sensuel… Comment aurait-il pu résister à ses charmes ravissants ?

Cependant, la jeune femme semblait de nouveau tendue. Il le sentait. Il voyait qu'elle était en proie au doute. Il serait injuste d'essayer de la persuader de mener leur passion à son ultime conclusion, reconnut-il. Et pourtant, il était certain qu'avec un peu de patience, il pourrait l'exciter jusqu'à un point où elle le *supplierait* de lui faire l'amour.

Mais tant pis, se dit-il avec résolution. Dans un instant, il s'écarterait d'elle. Ensuite, ils redescendraient sur terre.

Toutefois, il ne put s'empêcher de poser la main sur son ventre, avant de la laisser glisser plus bas.

Diable, ses cuisses étaient si douces… Quand il caressa doucement son triangle brun, Nikos vit la jeune femme serrer nerveusement les jambes en réprimant un gémissement.

— De quoi as-tu peur ? murmura-t-il d'une voix rauque. Tu as un corps merveilleux, Rina. Tu vois bien à quel point tu m'excites.

— Tu es sincère ? chuchota-t-elle d'une toute petite voix.

Nikos pensa d'abord qu'elle jouait la comédie pour se faire encore plus désirer. Mais il n'y avait pas la moindre trace de moquerie dans les yeux bruns rivés sur lui. Soudain, elle lui fit penser à un daim farouche désirant s'enfuir, mais qui, pourtant, resterait à côté de lui, comme s'il était prêt à se laisser apprivoiser.

— D'après toi ? répliqua-t-il tranquillement en lui prenant la main.

Puis il la posa sur l'endroit où frémissait son propre désir. Lorsqu'il vit ses yeux s'agrandir et ses pupilles se dilater, il ne put résister au désir de se pencher pour l'embrasser de nouveau.

Enivré par la façon dont elle réagit à son baiser, il lui écarta doucement les jambes avant de glisser la main entre ses cuisses.

Aussitôt un violent tremblement ébranla tout le corps de la jeune femme, si bien que, l'espace d'un instant, il crut qu'elle allait le repousser. Mais elle se détendit peu à peu et quand, après avoir écarté les plis chauds et humides, il découvrit la preuve de son excitation, il sentit une vague inexorable de désir le posséder tout entier.

Kitty sentit son cœur battre si vite qu'elle eut l'impression qu'il allait éclater. Nikos s'aventurait de plus en plus dans l'endroit le plus secret de son corps et, lorsqu'il introduisit un doigt en elle, elle retint son souffle. Elle se sentait affreusement embarrassée qu'il découvre à quel point elle était excitée. Impuissante, elle sentait la liqueur traîtresse de son désir se répandre entre ses cuisses.

Mais cette découverte semblait ravir Nikos. Il poussa une plainte rauque et enfonça ses doigts en elle tandis que son pouce caressait le bouton où palpitait son plaisir. Il s'y prenait avec une telle adresse que Kitty crut qu'elle allait sombrer dans la volupté qu'il faisait naître en elle.

Soudain, elle pensa qu'elle ne pouvait plus supporter la houle qui se déchaînait maintenant en elle. Mais, à sa grande surprise, elle découvrit qu'au moment où elle se croyait au sommet de son plaisir, elle se sentait de plus en plus affamée. Cédant à un instinct surgi du plus profond d'elle-même, elle essaya maladroitement d'attirer Nikos sur elle.

— Pas encore, *agape*, murmura-t-il.

Sa voix était très très rauque à présent, comme si lui non plus ne contrôlait plus les réactions de son corps. Kitty ne savait pas comment il s'était débarrassé de ses vêtements, mais soudain il fut entièrement nu devant ses yeux. Il écarta encore les pans de la veste qu'elle portait toujours avant de venir se placer au-dessus d'elle.

Kitty sentit la chaleur de son pénis appuyé sur son ventre. Cette sensation lui était si étrangère…

Seigneur, qu'était-elle en train de faire ? Allait-elle vraiment laisser Nikos — cet homme rencontré seulement quelques heures plus tôt — lui faire l'amour ? Elle n'aurait pas dû se trouver là, elle n'aurait jamais dû laisser l'attirance qui avait vibré en eux se transformer en ce brasier ardent. Nikos était un play-boy milliardaire et elle, une princesse de la maison royale des Karedes.

Cependant, elle était forcée de reconnaître qu'elle ne voulait pas que Nikos s'arrête.

Les paroles de Vasilis lui revinrent soudain à la mémoire : « Je parie que tu es encore vierge. » Eh bien, il était temps qu'elle devienne une femme à présent. Mais il fallait d'abord qu'elle avoue son inexpérience à son partenaire.

— Nikos…, commença-t-elle d'une voix à peine audible. Je dois te dire…

Mais la suite de sa phrase se perdit dans la bouche qui se refermait sur la sienne.

— Que dois-tu me dire ? murmura-t-il quelques instants plus tard. Tu ne prends pas la pilule, c'est cela ? Ne t'en fais pas. Je m'occupe de cette question.

Kitty se sentait enveloppée par sa voix sensuelle comme dans un cocon. Confusément, elle le vit sortir un petit sachet de la poche de sa veste et enfiler bientôt un préservatif. Apparemment, il avait l'habitude, remarqua-t-elle en voyant la facilité avec laquelle il avait accompli ce geste.

Puis il revint au-dessus d'elle et s'installa entre ses jambes.

Cette fois, le moment était venu, songea Kitty. Et pourtant, elle ne parvenait pas encore à croire que cela allait vraiment se passer, *qu'elle allait faire l'amour pour la première fois de sa vie, avec l'homme le plus fabuleux qu'elle eût jamais rencontré.* Son cœur battait comme un fou, elle sentait son souffle devenir de plus en plus saccadé et, soudain, elle perdit toute son audace. Terrifiée, elle voulut serrer les jambes, mais il était trop tard. Doucement mais fermement, Nikos écarta encore ses cuisses et, lorsqu'il la pénétra en un long coup de reins puissant, Kitty ne put retenir le cri qui franchit ses lèvres.

— *Theos !* s'exclama-t-il en s'immobilisant aussitôt.

Il la regarda en fronçant les sourcils.

— C'est la première fois ? Comment est-ce possible ? demanda-t-il, l'air abasourdi.

Lorsqu'elle comprit qu'il allait se retirer d'elle, elle le retint instinctivement. Car elle avait déjà surmonté le premier choc et ses muscles se détendaient autour de lui tandis que la douleur s'effaçait. Elle adorait cette sensation de l'avoir en elle complètement, et un désir insatiable la dévorait de nouveau, réclamant l'assouvissement.

— Non, ne t'arrête pas… je t'en prie, murmura-t-elle en s'accrochant à ses épaules.

Sentant qu'il hésitait encore, elle enroula les jambes autour de ses hanches, l'invitant ainsi à pousser en elle encore et encore. Cette fois, il ne put résister à son invite et s'enfonça de nouveau en elle, mais plus lentement.

Kitty creusa les reins pour mieux s'offrir à lui et s'abandonner au plaisir de le sentir bouger en elle.

Il glissa les mains sous son corps et la souleva afin de la pénétrer encore plus profondément, établissant un rythme rapide et frénétique qui les emportait tous deux au bord du gouffre. Il se rendait bien compte qu'il perdait tout contrôle sur lui-même. Tous ses sens étaient enivrés par cette femme. Kitty sentit monter en elle un désir qui devint insupportable. Elle avait l'impression que les vagues qui se déployaient en elle allaient la submerger. Elle ne pouvait plus supporter cette houle. Il fallait que *cela* arrive. Maintenant.

— S'il te plaît…, murmura-t-elle en refermant les mains sur la nuque moite de Nikos.

Egarée dans la volupté, elle s'accrocha à lui, tandis qu'il l'emmenait de plus en plus haut, de plus en plus loin, redoublant son plaisir à chaque coup de reins.

Et soudain, il s'enfonça en elle en une poussée dévastatrice et tout explosa. Une vague immense l'emporta, en même temps qu'elle sentait une sensation éblouissante se répandre en elle, irradiant dans toutes les fibres de son corps, jusqu'à ce que tout son être s'abandonne à l'extase.

Presque au même instant, elle entendit la plainte rauque qui sembla surgir du plus profond de Nikos. Eperdue, elle savoura les tremblements qui le traversaient tandis qu'il atteignait à son tour l'extase.

En un geste protecteur, elle referma les bras autour de son dos et le tint serré contre elle. Nikos venait de lui offrir l'expérience la plus incroyable de sa vie, songea-t-elle en sentant les larmes lui monter aux yeux tandis qu'une tendresse inconnue emplissait son cœur. A présent, elle avait l'impression que leurs âmes vibraient à l'unisson, comme leurs corps venaient de le faire, quelques instants plus tôt.

C'était impossible que Nikos ne le sente pas lui aussi, se dit-elle. Mais, à cet instant, il se redressa et s'appuya sur les mains. Découvrant alors la colère qui luisait au fond de ses yeux, Kitty comprit aussitôt qu'elle s'était lourdement trompée.

— Pourquoi diable ne m'avais-tu pas dit que tu étais vierge ? demanda-t-il d'une voix dure.

Comment avait-elle pu s'imaginer un seul instant que la passion intense qu'ils venaient de partager signifiait plus pour lui qu'un simple assouvissement physique ?

Même si son corps tremblait encore de façon incontrôlable après le plaisir qu'elle venait de vivre, elle décida avec fierté de ne pas montrer son désarroi à Nikos.

— C'était mon problème, murmura-t-elle d'un ton faussement léger.

— Mais à présent, c'est aussi le mien, répliqua-t-il vivement. Je n'ai pas l'habitude de séduire les vierges. Si tu m'avais prévenu, je me serais arrêté.

— Je ne voulais *pas* que tu t'arrêtes, reconnut-elle avec calme.

Effectivement, la passion qu'il avait fait naître en elle avait été si forte, si sauvage, qu'elle avait tout oublié, sauf son désir. C'était seulement maintenant que les reproches envers elle-même surgissaient dans son esprit.

Nikos avait roulé sur le côté et l'observait avec une intensité presque insoutenable, l'air méfiant. Kitty comprit intuitivement qu'elle l'ennuyait. Ce play-boy invétéré n'était-il pas réputé pour son aversion envers l'engagement ? Il se demandait probablement ce qu'elle attendait de lui. Peut-être redoutait-il qu'elle s'accroche à lui. En tout cas, elle ne laisserait jamais Nikos deviner à quel point elle avait été bouleversée par cette expérience. Plutôt mourir !

Tout en rougissant sous son regard sardonique, elle referma les pans de la veste pour cacher sa nudité.

— Si tu veux vraiment savoir la vérité, reprit-elle bravement, ma virginité était devenue gênante. Je voulais que la première fois soit une expérience agréable, avec un homme, un vrai, pas un jeune homme maladroit. Connaissant ta réputation d'amant fabuleux, je n'ai pas pu résister à la tentation — et je n'ai vraiment pas été déçue.

Sa voix avait légèrement tremblé, aussi se ressaisit-elle avant de poursuivre :

— Mais je suis désolée que toi, tu l'aies été.

— Ne sois pas ridicule. Je n'ai pas été déçu, et je suis sûr que tu t'en es rendu compte — en dépit de ton manque d'expérience, répliqua sèchement Nikos en se souvenant de l'intensité époustouflante de sa propre jouissance. Tu as été stupéfiante, *agape*, ajouta-t-il d'une voix un peu plus douce.

Il se tourna sur le dos et regarda les ombres qui jouaient sur le plafond de la grotte. Après le choc d'avoir appris qu'il avait été son premier amant, il devait reconnaître que, sur le plan sexuel, c'était le meilleur moment qu'il avait vécu depuis longtemps.

Sans en avoir l'air, il regarda Rina étendue à côté de lui. Dieu merci, elle ne réclamait pas de cajoleries. En outre, il n'avait apparemment pas à s'inquiéter. Même si elle n'avait aucune expérience dans ce domaine, elle en comprenait les règles. Puisqu'elle semblait ne montrer aucune exigence envers lui, pourquoi ne se reverraient-ils pas de temps en temps, lorsqu'il viendrait à Aristos ?

— J'ai aussi un aveu à te faire, dit-il d'un ton paresseux en roulant de nouveau sur le côté avant d'enrouler une mèche de ses cheveux humides autour de ses doigts.

Kitty sentit son cœur s'arrêter de battre.

— Es-tu marié ?

— *Theos*, non ! s'exclama-t-il avec un dégoût manifeste.

Son visage s'était fermé et durci ; soudain, il parut si lointain que Kitty se demanda comment elle avait bien pu faire l'amour pour la première fois avec cet homme — ce parfait étranger.

— Je suis divorcé, reprit-il avec un sourire sombre. Et, depuis que mon ex-femme ne fait plus partie de ma vie, je tiens farouchement à mon célibat.

Nikos sentit la haine familière surgir en lui tandis qu'il pensait à la femme qu'il avait cru aimer autrefois. Il avait été si stupide... Jamais plus, songea-t-il avec force. La terrible trahison de Greta lui avait donné une dure leçon qu'il n'était pas près d'oublier. Ne jamais faire confiance aux femmes ni s'engager émotionnellement avec elles, parce que, comme il l'avait découvert de la façon la plus cruelle, elles ne le méritaient pas.

Refoulant ses souvenirs, il se rendit compte que Rina le regardait avec curiosité.

— Si tu te fais des illusions romantiques à mon sujet, je te conseille de les oublier rapidement, *agape*. Ma liberté passe avant tout le reste.

Kitty resta silencieuse pendant quelques instants. Ainsi, il avait été marié. C'était la première chose qu'elle apprenait de lui, et elle ne pouvait s'empêcher d'être choquée...et déçue, ce qui était encore plus ridicule. Elle ne pouvait l'imaginer marié — cela n'allait pas avec son style. Elle se demanda à quoi avait ressemblé sa femme. Sublimement belle, évidemment. Probablement un superbe mannequin ou une actrice, comme les femmes avec lesquelles il était souvent photographié.

Elle se demanda aussi pourquoi ils avaient divorcé. Nikos n'avait pu dissimuler la note amère de sa voix quand il avait parlé de son ex-femme. De toute évidence, cette expérience l'avait marqué et cela expliquait sûrement pourquoi, depuis, il ne vivait que des aventures sans lendemain. Dans les journaux et les magazines, on racontait même qu'il avait un cœur de pierre.

Son regard sombre posé sur elle restait impénétrable. Désemparée au fond d'elle-même, elle tenta néanmoins d'afficher un air insouciant en haussant les épaules.

— Ne t'inquiète pas, j'ai cessé de croire aux contes de fées depuis longtemps, dit-elle. Je ne me fais aucune illusion sur toi, Nikos. Mais je veux bien que tu me fasses cet aveu dont tu parlais il y a quelques instants.

Aussitôt, elle vit Nikos se détendre et lui adresser un sourire terriblement séducteur.

— Je n'avais pas non plus la permission du prince Sebastian de venir sur cette plage, fit-il d'une voix charmeuse.

— Dans ce cas, comment connaissais-tu l'existence de la barrière secrète et du sentier ? demanda-t-elle, confuse.

— Grâce à ma mère. Tout à l'heure, je marchais dans les jardins quand, tout à coup, je me suis souvenu que, dans mon enfance, elle m'avait parlé de l'existence d'un sentier secret qui menait à une petite plage. Alors j'ai décidé d'aller vérifier si cette histoire était vraie, ou s'il ne s'agissait que d'une rumeur qu'elle avait entendue quand elle…

Nikos s'interrompit brusquement, mais la jeune femme attendait la suite avec avidité.

— Quand elle vivait ici, à Aristos, ajouta-t-il.

Il n'avait aucune raison particulière de ne pas dire à Rina que sa mère avait travaillé comme servante au palais, reconnut Nikos en son for intérieur. En outre, c'était plutôt ironique qu'il ait été attiré par un membre du personnel du palais, plutôt que par l'une des créatures sophistiquées invitées au bal. Peut-être éprouvait-il un désir secret de retourner à ses racines…

— Je pensais que tu étais grec…, murmura Kitty, avide d'en savoir plus sur lui.

— Ma mère était née et avait grandi à Aristos. Elle venait d'un endroit appelé Varna.

Kitty connaissait Aristos dans ses moindres recoins et elle fronça les sourcils en songeant au minuscule village de pêcheurs mentionné par Nikos. Il y avait quelques immenses propriétés sur les collines qui entouraient Varna — sans doute sa famille en possédait-elle une.

— Tu m'as dit que ta mère était décédée il y a quelques années, mais vas-tu souvent voir ta famille ?

— Non.

Nikos serra les mâchoires. Il n'avait jamais rencontré les

membres de sa famille — celle de sa mère, qui l'avait jetée à la porte quand elle était tombée enceinte de lui. Ils étaient tous morts à présent. D'après l'enquêteur privé qu'il avait engagé pour les retrouver, sa grand-mère était décédée quelques années plus tôt et son grand-père peu de temps après elle, à l'âge de quatre-vingt-six ans, en emportant le nom du père de Nikos dans la tombe.

Sa mère avait toujours refusé de lui dire qui était l'homme qui l'avait mise enceinte avant de l'abandonner. Elle lui avait seulement révélé qu'il s'agissait d'un pêcheur. A présent, Nikos avait renoncé à tout espoir de jamais savoir qui l'avait engendré, mais il continuait néanmoins à se demander quel sang coulait dans ses veines.

— Toute la famille de ma mère est décédée, dit-il d'un ton peu engageant.

Puis il roula de nouveau sur le dos, se sentant soudain envahi par une fatigue immense. Il ferma les paupières en se disant qu'il ne s'endormirait pas. Il reposerait ses yeux quelques instants, c'est tout…

Kitty entendit la respiration de Nikos prendre un rythme régulier et s'écarta doucement de lui. Endormi, il avait l'air étrangement vulnérable, songea-t-elle en le regardant. Il était si beau. Elle aurait pu rester là à le regarder jusqu'à la fin de ses jours.

Mais quand il se réveillerait tout à l'heure, que se passerait-il ? Voudrait-il la revoir ? Lui demanderait-il son numéro de téléphone ? *Quand lui révélerait-elle qu'elle était la princesse Katarina, la sœur de son meilleur ami, et non pas une serveuse du nom de Rina ?*

Elle n'aurait jamais dû lui mentir, songea Kitty avec désespoir. Cependant, comment aurait-elle pu deviner, quelques heures plus tôt, qu'ils deviendraient amants avant la fin de la nuit ?

L'énormité de l'acte qu'elle avait accompli la frappa avec une force terrible. Sa détresse était si intense qu'elle porta une main devant sa bouche pour retenir le cri qui lui montait aux lèvres. Il fallait qu'elle s'en aille tout de suite, avant que Nikos se réveille.

Le cœur battant à tout rompre, elle se leva et sortit ses lunettes de la poche de la veste. Après s'être débarrassée de celle-ci, elle ramassa ses affaires que Nikos avait posées sur un rocher. D'un geste rapide, elle passa sa robe par-dessus sa tête, sans se donner la peine de remettre ses sous-vêtements.

A cet instant, elle se rendit compte que ses chaussures devaient être restées sur la plage. Mais Nikos pouvait se réveiller d'une minute à l'autre, aussi s'éloigna-t-elle pieds nus avant de sortir par l'étroit passage entre les rochers. Puis elle remonta en hâte le sentier qui menait aux jardins du palais.

5.

Au cours des jours suivants, Kitty fit de son mieux pour ne pas penser à Nikos — mais elle échoua lamentablement. Chaque fois qu'elle fermait les yeux, elle voyait son visage et, la nuit, elle rêvait de leurs deux corps intimement enlacés.

La frustration sexuelle était une expérience tout à fait nouvelle pour elle, et douloureuse. Mais bientôt une tout autre préoccupation la garda éveillée jusqu'aux premières heures du jour. Ses règles étaient en retard, alors qu'elle avait toujours été d'une régularité exemplaire.

Les jours passant sans aucun signe, Kitty décida que cela ne servait à rien d'ignorer ses craintes. Cependant, en tant que membre de la famille royale, ce n'était pas si simple d'aller acheter un test de grossesse. Même si elle était la plus discrète de la famille, elle ne pouvait néanmoins pas se rendre dans la première pharmacie venue.

Finalement, elle se rendit dans le centre d'Ellos, la capitale d'Aristos. Là, les yeux dissimulés derrière d'énormes lunettes de soleil et portant un immense chapeau de soleil, elle entra dans une grande pharmacie. Après avoir acheté ce qu'elle voulait, elle ressortit rapidement, terrorisée à l'idée que quelqu'un l'ait reconnue.

Même si Kitty avait anticipé le résultat du test, celui-ci lui fit néanmoins un choc terrible. Debout dans sa salle de bains, elle contempla avec stupeur la ligne bleue qui semblait la narguer impitoyablement — elle était enceinte.

Une nausée épouvantable s'empara d'elle. Etait-ce la première manifestation de sa grossesse ? se demanda-t-elle en s'agrippant au rebord du large lavabo en marbre. Comment était-ce possible ? Nikos avait utilisé un préservatif. Kitty avait l'impression d'être prisonnière d'un cauchemar affreux mais, hélas, elle ne dormait pas et elle devait faire face à l'horrible réalité.

Elle se trouvait toujours en état de choc quand Sebastian vint la retrouver un peu plus tard dans la matinée, alors qu'elle travaillait à la bibliothèque du palais.

— Ah, tu es là, Kitty, commença-t-il avant de la regarder avec attention. Tu vas bien ? Nous te trouvons bien pâle depuis quelques jours, et Mère s'inquiète à ton sujet.

— Je vais bien, répondit brièvement Kitty.

Puis elle se détourna pour échapper au regard scrutateur de son frère et lui cacher ses larmes. Mais, apparemment, Sebastian avait eu le temps de les voir.

— Hé, Kitty... Que se passe-t-il ?

— Rien, murmura-t-elle.

Mais le ton affectueux de son frère avait ébranlé l'équilibre fragile de Kitty. Elle enfouit son visage dans ses mains et éclata en sanglots.

— Kitty ! Dis-moi ce que tu as ! demanda-t-il, cette fois avec inquiétude.

Il contourna le bureau et vint lui passer un bras autour des épaules.

— Allons, tu dois me le dire, insista-t-il doucement. Ce ne peut être pas aussi terrible, et tu sais bien que je serai toujours là pour t'aider.

En effet, Sebastian l'avait toujours protégée mais, dans les circonstances présentes, qu'aurait-il pu faire pour résoudre son problème ?

— Je suis enceinte, dit-elle d'une voix lugubre.

Durant quelques secondes, ses paroles semblèrent résonner dans la bibliothèque silencieuse.

— *Comment ?* Que veux-tu dire ? demanda soudain Sebastian en la regardant avec stupéfaction. Je ne comprends pas.

— C'est pourtant très simple. J'attends un enfant.

Une fois encore, Sebastian resta sans voix. Puis il se ressaisit et demanda d'un ton empreint d'une douceur menaçante :

— De qui est-il ?

Kitty fut traversée par la vision du beau visage arrogant de Nikos.

— Je ne peux pas te le dire, murmura-t-elle faiblement.

— Ne sois pas ridicule ! s'exclama son frère en fronçant les sourcils. Entends-tu par là que tu ne sais pas de qui il s'agit ? Que tu hésites entre plusieurs partenaires ? Bon sang, Kitty, mènes-tu une double vie dont j'ignore tout ?

— *Non*… Bien sûr que non, protesta Kitty, sentant ses larmes redoubler sous le regard déçu de Sebastian. Je sais qui est le père de l'enfant. Ce ne peut… ce ne peut être qu'une seule personne. Mais c'était… un accident, une erreur, et il… il ne sera pas content. Aussi ai-je décidé de ne pas le lui dire.

— Je me fiche éperdument qu'il soit content ou non, répliqua vivement Sebastian en se passant nerveusement une main dans les cheveux. C'est à toi que je pense, Kitty. Tu es une princesse de la famille royale, tu es la quatrième dans l'ordre de succession au trône, et tu ne peux pas être mère célibataire, c'est impossible.

Kitty se mordit la lèvre. Elle comprenait si bien la consternation et l'inquiétude de Sebastian. Car, comme l'avait dit récemment Vasilis Sarondakos, la famille royale ne pouvait se permettre d'être mêlée à un scandale de plus. Le fait qu'elle attende un enfant illégitime pouvait faire basculer l'équilibre désormais fragile de la Maison Karedes.

Mais que pouvait-elle faire ? Ne pas garder cet enfant était absolument hors de question. Cependant, impliquer Nikos était une autre affaire. Celui-ci était le meilleur ami de Sebastian, songea-t-elle avec désespoir. Son frère avait déjà l'air anéanti par ce qu'elle venait de lui apprendre, comment réagirait-il s'il apprenait qu'elle avait été séduite par un homme en qui il avait entièrement confiance ?

En outre, elle avait menti à Nikos. Que penserait ce dernier si elle lui révélait que, non seulement elle était une princesse royale, mais qu'elle était maintenant enceinte de lui ? Elle entendait encore ses paroles : « Ma liberté passe avant tout le reste. »

Elle ferait face à son problème seule, décida résolument Kitty. Elle se retirerait de la vie publique et irait vivre tranquillement loin du palais. Sur le plan financier, elle n'avait aucune inquiétude à se faire, en effet elle bénéficiait d'une pension annuelle établie par son père. Et quand son enfant serait plus grand, elle pourrait reprendre son travail de chercheuse au musée du palais.

Respirant à fond, elle sentit une sensation de calme remplacer la panique. Tout irait bien. Elle s'en sortirait. Mais elle n'avait aucune intention de révéler l'identité du père de son enfant — même pas à sa famille.

— Sebastian, je suis vraiment désolée, mais je ne peux pas te le dire, dit-elle en se levant brusquement.

Aussitôt, elle se sentit en proie à un vertige affreux.

— Excuse-moi, je ne me sens pas très bien, murmura-t-elle en se dirigeant vers la porte.

— Et Mère ?

La main sur la poignée, Kitty s'immobilisa.

— Il va falloir lui annoncer la nouvelle, continua Sebastian d'une voix sombre. Après la mort récente de Père, elle en aura le cœur brisé. Mon Dieu, Kitty, quel gâchis…

Ses paroles avaient rempli Kitty de honte, ainsi que d'un sentiment affreux de culpabilité.

— Je lui parlerai, ainsi qu'au reste de la famille. Je te demande seulement de me laisser quelques jours pour… pour me faire à cette idée moi-même. Je t'en prie, Sebastian.

Son frère hésita, le regard soudé au sien. Puis il hocha brusquement la tête.

— Mais si je découvre qui est le père de cet enfant, je te jure qu'il passera un sale quart d'heure, promit-il sauvagement. Tu mérites mieux que cela, Kitty.

Une semaine plus tard, accoudée au balcon du palais, Kitty regardait la foule rassemblée pour la Fête de l'Indépendance.

Cette manifestation célébrait le jour où les deux îles d'Adamas s'étaient libérées du joug de la puissance britannique.

Toujours ravagée par le chagrin causé par la mort de son époux, la reine Tia souffrait d'une légère infection pulmonaire, aussi ses médecins lui avaient-ils conseillé de ne pas participer aux cérémonies. Tous les autres membres de la famille étant retenus par des obligations, Kitty avait promis à Sebastian d'être à ses côtés.

En ce beau samedi de juin, un chaud soleil baignait la foule qui avait suivi le défilé de carnaval dans les rues d'Ellos. Maintenant que tous étaient rassemblés dans la cour du palais royal, Kitty sourit à la ronde en essayant d'oublier son diadème qui lui donnait un mal de tête épouvantable. Puis elle rentra dans le salon.

— Je crois que je n'ai jamais vu une foule pareille. Des centaines de gens sont venus te montrer leur soutien, Sebastian, dit-elle en ôtant ses gants blancs après être rentrée dans le salon.

Après les avoir confiés à un valet, elle s'avança vers son frère qui parlait avec un invité. Lorsque celui-ci se retourna vers elle, Kitty sentit son cœur s'arrêter de battre.

— Nikos, tu n'as pas eu l'occasion de faire la connaissance de ma sœur, il y a quelques semaines, le soir du bal. Je te présente la princesse Katarina…

Sebastian s'était interrompu, apparemment stupéfait devant le visage de Nikos, empreint d'une colère froide. Elle-même se sentait pâlir à vue d'œil.

Consciente de tous les regards tournés vers eux, elle ne pouvait néanmoins pas détacher ses yeux du visage de Nikos. Ce fut lui qui rompit en premier le silence.

— Oh, si, nous avons fait connaissance, mon ami, répliqua-t-il d'une voix glaciale qui la fit frissonner. Mais il semble que la princesse Katarina s'amuse à de drôles de petits jeux et elle a malheureusement omis de se présenter correctement — n'est-ce pas, *Rina* ?

Nikos sentit la rage bouillonner en lui. Il l'avait instantanément reconnue lorsqu'elle était entrée dans le salon, le regardant avec crainte. Comment aurait-il pu en être autrement puisque, depuis trois semaines, son visage était resté gravé dans son cerveau ? Et pourtant, vêtue de cette élégante robe d'apparat et portant ce diadème, elle était une créature qu'il ne connaissait pas.

Ainsi, ce soir-là, elle lui avait menti. Elle avait si bien réussi à le tromper ! Il ferma un instant les yeux et résista à l'assaut de colère qui lui donnait envie d'aller la secouer, pour lui demander des explications. Bon sang, pourquoi s'était-elle fait passer pour une domestique alors qu'elle était la princesse Katarina Karedes ?

Et pourquoi diable avait-elle couché avec lui ? Allant jusqu'à lui dissimuler qu'elle était vierge… Avant de s'enfuir, alors qu'après avoir fait l'amour avec elle, lui-même s'était assoupi, plus détendu qu'il ne s'était senti depuis des années. Quand il s'était réveillé une heure plus tard, Rina avait disparu.

Des souvenirs de l'étreinte torride qu'ils avaient partagée lui revinrent à la mémoire. Puis Nikos se rappela la conversation qu'il avait eue avec Sebastian à son arrivée au palais quelques heures plus tôt. Celui-ci, très tendu, lui avait confié, après lui avoir fait jurer qu'il garderait le secret, qu'un autre scandale menaçait de s'abattre sur la Maison Karedes. Après avoir été séduite par un homme dont elle ne voulait pas révéler l'identité, sa sœur, la princesse Katarina, était enceinte.

Theos, non ! Cela ne pouvait pas être vrai. Il contempla Rina — incapable de penser à elle en tant que la princesse Katarina — et essaya de déchiffrer la vérité sur ses traits. Non, cela n'avait pas pu lui arriver de nouveau ! Pas après la tragédie qu'il avait vécue et qu'il n'oublierait jamais.

Mais Nikos comprit instantanément que ce n'était pas une plaisanterie cruelle. C'était même tout à fait possible et, d'après l'expression de Sebastian, il était clair que son amitié avec le prince n'allait pas tarder à voler en éclats.

Kitty tenta de se rassurer. Il ne pouvait pas avoir deviné son secret. Pourtant, lorsqu'elle posa instinctivement la main sur son ventre, elle le vit suivre son geste en fronçant les sourcils d'un air lugubre.

Sebastian parlait à présent, mais ses paroles ne parvenaient pas jusqu'au cerveau de Kitty. Elle vit une véritable colère envahir les traits de son frère. En même temps, un son assourdissant lui emplit les oreilles, comme si elle se tenait tout près d'une chute d'eau. Soudain, elle se rendit compte qu'elle tombait, tandis qu'une sorte de grand voile noir lui obscurcissait la vue.

Lorsqu'elle ouvrit lentement les yeux, elle contempla les chérubins peints au plafond. Durant un instant, elle se sentit complètement désorientée, puis elle reconnut l'antichambre qui jouxtait le grand salon. Se souvenant du grand voile noir qui l'avait enveloppée, elle comprit. Pour la première fois de sa vie, elle devait s'être évanouie, et quelqu'un l'avait transportée là et installée sur le sofa. Ce quelqu'un était probablement l'homme qui se tenait debout devant la fenêtre, et dont la silhouette se découpait à contre-jour.

Nikos ! Elle posa les pieds sur le parquet et se leva aussitôt, avant de s'accrocher au dossier d'une chaise, envahie par une vague de nausée. Il était hors de question qu'elle soit malade devant lui, songea-t-elle, horrifiée à l'idée de cette humiliation. Serrant les dents, elle attendit que tout se stabilise autour d'elle et que sa tête s'arrête de tourner.

— Il y a un verre d'eau posé sur la table, juste à côté de toi. Je te conseille de boire un peu, dit-il d'une voix glaciale.

Kitty prit le verre et le porta à ses lèvres. Elle tremblait tellement qu'elle pouvait à peine boire, mais l'eau fraîche lui fit un bien fou. Bientôt, son malaise eut complètement disparu.

Levant les yeux vers Nikos, elle ne put réprimer un petit cri quand elle vit le bleu qui se voyait sur sa mâchoire.

— Que t'est-il arrivé ?

— C'est Sebastian, répondit-il brièvement.

— Il t'a *frappé* ? demanda-t-elle avec incrédulité.

— Après ce qu'il venait de comprendre, je ne peux pas lui en vouloir, dit Nikos de la même voix glaciale où vibrait de la fureur contenue. Au cas où cela t'inquiéterait, je n'ai pas riposté.

Sebastian défendait ton honneur et, pour être franc, il aurait perdu mon estime s'il n'avait pas réagi ainsi.

Il s'interrompit un instant avant de poursuivre.

— Mais, tout bien considéré, j'ai appris de façon assez spectaculaire que j'allais être père, laissa-t-il tomber d'un ton sarcastique. Et ton évanouissement, suivi de la réaction — un peu vive — du prince Régent, devant une bonne centaine de dignitaires et de journalistes, va probablement faire la une des journaux du monde entier.

Nikos se tourna vers la fenêtre. Dans la cour, la foule se dispersait et s'écoulait par les grilles du palais. De nombreuses personnes brandissaient des drapeaux aux couleurs d'Aristos portant le blason de la Maison Karedes. Envahi par une profonde impression d'irréalité, il pressentit que sa vie allait changer de façon irrévocable. Mais il restait toutefois conscient qu'il devait refréner sa colère et regarder les faits en face.

— Est-ce vrai ? demanda-t-il durement en se forçant à se retourner vers la jeune femme. Es-tu vraiment enceinte, ou s'agit-il de l'un de ces petits jeux que tu affectionnes ?

— C'est vrai, répondit Kitty d'une voix sourde. J'ai fait un test, qui a été confirmé hier par mon médecin.

Nikos était visiblement choqué, et elle pouvait comprendre sa colère, mais la rage glacée qui frémissait dans ses yeux la terrifiait.

— Et l'enfant est-il de moi, comme semble le penser Sebastian ?

Son ton dur avait fait naître une vague de colère en Kitty.

— Bien sûr qu'il est de toi ! J'étais vierge quand je t'ai rencontré et je ne me suis pas ruée dans le lit d'une demi-douzaine d'amants depuis. Je ne voulais pas que tu sois au courant, ni que tu sois impliqué. Je ne comprends même pas comment je peux être enceinte, ajouta-t-elle en détournant les yeux. Tu avais utilisé un préservatif.

— Il a craqué, dit brutalement Nikos. Je m'en suis rendu compte en me réveillant et j'ai tout de suite pensé qu'il y avait un risque que tu sois enceinte. Quand j'ai vu que tu étais partie, je t'ai cherchée, craignant que tu ne sois retournée te baigner et n'aies été entraînée par le courant. Ce n'est que lorsque j'ai vu que tes vêtements avaient disparu que j'ai compris que tu m'avais fui.

Il lui lança un regard noir.

— Si tu étais restée, je t'aurais prévenue qu'il y avait un risque, et j'aurais insisté pour que nous restions en contact jusqu'à ce que nous en ayons le cœur net.

Nikos se retourna de nouveau vers la fenêtre en se raidissant. Des souvenirs du passé surgissaient impitoyablement en lui. Cinq ans plus tôt, Greta, sa maîtresse, était tombée enceinte de lui. Au cours de sa relation avec elle, il lui avait confié qu'il avait l'impression qu'une part de sa propre identité lui manquait, parce qu'il ne savait pas qui était son père. Et il lui avait juré qu'il n'abandonnerait pas une femme si elle tombait enceinte de lui.

Peu de temps après, quand Greta lui avait annoncé qu'elle attendait un enfant, il lui avait aussitôt proposé de l'épouser. Mais pas seulement parce qu'elle était enceinte — parce qu'il l'*aimait*, reconnut sombrement Nikos. Après la mort de sa mère, il s'était plongé dans le travail jusqu'à l'obsession, ne permettant à aucune de ses maîtresses de s'immiscer dans sa vie. Mais Greta avait été différente. Leur liaison avait duré plus longtemps que toutes les autres et il avait fini par reconnaître que cette superbe blonde avait gagné son cœur.

Une fois le premier choc passé, il avait été heureux de sa grossesse. Mais un mois après son mariage avec Greta, la tragédie était arrivée. Jusqu'à son dernier jour, il n'oublierait jamais son appel du Danemark, où elle était allée participer à un défilé de mode, lui annonçant sa fausse couche.

Nikos regarda les jardins du palais sans rien voir. Il se souvenait de la tristesse qui l'avait anéanti. Mais il avait affronté son chagrin seul, faisant de son mieux pour réconforter Greta. Au cours des mois qui avaient suivi, elle avait paru se remettre et était retournée à ses contrats. Mais des incidents n'avaient pas tardé à se produire entre eux. Greta adorait sortir et avait accusé Nikos d'être un mari ennuyeux. Et quand il avait proposé d'essayer d'avoir un autre enfant, elle l'avait accusé de vouloir nuire à sa carrière.

Son addiction à la cocaïne, qu'elle lui avait cachée avant leur mariage, avait conduit à une série de disputes de plus en plus fréquentes. Au cours de l'une de ses crises de rage, Greta lui avait crié la vérité au visage. Elle n'avait jamais voulu avoir d'enfant, mais quand elle était tombée enceinte, elle avait saisi la chance d'épouser un milliardaire. Ensuite, elle avait profité de son voyage au Danemark pour mettre un terme à sa grossesse. Elle n'avait jamais fait de fausse couche — elle s'était fait avorter.

Nikos sentit un goût de bile au fond de sa gorge et repoussa le souvenir de son ex-femme. Greta appartenait au passé. Lorsque, deux ans plus tôt, il avait appris sa mort d'une overdose dans les journaux, il n'avait ressenti aucune émotion.

A partir du moment où il avait su qu'elle l'avait délibérément privé de son enfant, son cœur s'était gelé et, désormais, toute émotion était morte en lui.

Mais à cet instant précis, et pour la première fois depuis cinq ans, il sentait quelque chose bouger au plus profond de lui. Le cœur battant, il contemplait la femme qui venait d'affirmer qu'elle était enceinte de lui. La vie lui avait offert une deuxième chance, un autre enfant, et il remuerait ciel et terre pour que ce petit être voie le jour.

6.

Kitty observa Nikos. Il semblait complètement anéanti de savoir qu'elle attendait un enfant.

— Ne t'en fais pas, Nikos. Je ne veux rien de toi. C'est mon problème et je vais m'en occuper toute seule.

Quelque chose étincela dans ses yeux, une émotion qu'elle ne put définir, mais qui lui donna l'impression que ses genoux allaient flancher sous elle. Elle se rassit sur le sofa.

— T'en *occuper* ? répéta-t-il d'un ton menaçant. Tu parles d'une vie humaine. Qu'entends-tu par là, exactement ?

— Je veux dire que je prendrai soin de l'enfant, financièrement et sur tous les autres plans.

Elle s'interrompit un instant avant de continuer d'une voix mal assurée :

— Que croyais-tu que je voulais dire ? Tu ne pensais quand même pas que je…

Elle poussa un soupir haché, avant de se reprendre et de poursuivre fermement.

— J'aurai cet enfant et, en ce qui me concerne, *aucune* autre solution n'est envisageable. Mais comme je viens de te le dire, tu n'as pas à être impliqué.

Nikos sentit la terrible tension qui s'était emparée de lui s'estomper. Elle avait eu l'air si convaincante, mais il devait rester prudent : Rina, ou plutôt Katarina, était une actrice accomplie, comme il en avait eu la preuve.

— Mais je *suis* impliqué, dit-il en la regardant dans les

yeux. Tu portes mon enfant et j'ai une responsabilité envers toi et envers lui. J'ai pleinement l'intention de l'assumer.

Repensant à la façon dont elle l'avait trompé, il se sentit traversé par une nouvelle vague de colère et d'amertume.

— Quand allais-tu me le dire ? A moins que tu n'en aies même pas eu l'intention ? demanda-t-il avec mépris.

— Je ne savais pas quoi faire, avoua Kitty en rougissant.

Il lui lança un regard hostile.

— Eh bien, pendant que tu hésitais, j'ai fait de mon mieux pour te retrouver. J'ai enquêté au palais, mais ayant appris qu'il n'y avait aucune employée du nom de Rina, j'ai contacté toutes les entreprises de traiteurs d'Aristos. Tu ne seras sans doute pas surprise d'apprendre que personne n'y avait jamais entendu parler de toi ?

Il s'interrompit un instant et haussa les sourcils d'un air sardonique.

— Dis-moi, Rina, te fais-tu souvent passer pour une serveuse, ou as-tu délibérément voulu me rendre ridicule ?

— Je ne… Tu as parfaitement le droit d'être en colère, reconnut-elle sincèrement.

— Eh bien, je suis heureux de le savoir, répliqua-t-il avec sarcasme. Parce que je suis effectivement fou de rage, *Votre Altesse*. Bon sang ! Je ne sais même pas comment t'appeler : Rina ou Katarina ?

— En fait, on m'appelle Kitty, répondit-elle rapidement. Mon père m'avait donné ce surnom quand j'étais petite et il m'est resté.

Elle le regarda à la dérobée. Il était encore plus beau que dans son souvenir. Vêtu d'un costume gris clair et d'une chemise bleu ciel, il avait l'air distant et impressionnant. Fascinée, elle ne pouvait s'empêcher de le dévorer des yeux.

— Je n'avais pas voulu te mentir, reprit-elle. C'est toi qui m'avais d'abord prise pour une employée, souviens-toi. Ensuite, j'ai trouvé plus facile de ne pas te détromper. Sois sincère, si je t'avais révélé ma véritable identité, m'aurais-tu crue ?

Sans lui répondre, il la foudroya du regard.

— Je sais que je ne ressemble pas à une princesse, continua-t-elle avec courage. La preuve, tu m'avais prise pour un membre du personnel. Quand nous nous sommes retrouvés sur la plage ce soir-là, j'ai été stupéfaite de t'entendre dire que tu me trouvais attirante. Grâce à toi, je me suis sentie belle, même si je sais que je ne le suis pas. Et j'ai voulu continuer à être la Rina sexy plutôt que la terne Kitty.

— Et tu as songé que c'était une bonne occasion de perdre ta virginité, avec un homme expérimenté plutôt qu'avec un jeune homme maladroit, lui rappela Nikos. A quoi as-tu pensé, bon sang ? Tu fais partie de la famille royale !

— J'ai eu un moment de folie, se défendit Kitty en posant instinctivement une main sur son ventre. Je n'aurais jamais imaginé que cela puisse entraîner de telles conséquences.

— Mais c'est le cas et, maintenant, nous devons faire face à ces *conséquences*, répliqua-t-il brusquement.

Il se tut un instant et, tandis qu'un silence tendu s'installait entre eux, Kitty se sentit envahie par une crainte affreuse.

— Il n'y a qu'une solution, dit-il soudain. Le mariage.

Nikos observa le choc qui se lisait sur le visage de Kitty. Cette solution lui semblait évidente bien qu'il ait juré de ne jamais se remarier. S'il voulait cet enfant, et il le voulait, de toutes ses forces, il devrait sacrifier sa liberté et épouser cette femme, même si elle l'avait *trompé*.

— Ce n'est peut-être pas l'idéal, enchaîna-t-il en la voyant secouer la tête, ni ce que j'aurais choisi. Mais j'ai promis à Sebastian que j'accomplirais mon devoir envers toi.

Soudain, la pièce sembla vaciller autour de Kitty, à tel point qu'elle dut se rasseoir en hâte sur le sofa.

— C'est ridicule, dit-elle faiblement, horrifiée par le mot *devoir*.

— As-tu une meilleure proposition ? demanda Nikos en s'approchant du sofa avant de baisser les yeux sur elle. Je serais curieux de la connaître, Votre Altesse. Qu'as-tu l'intention de faire ? Je vais te dire une chose : mon enfant ne sera pas un enfant illégitime. Et je te ferai remarquer que Sebastian a eu l'air *très* soulagé quand je lui ai affirmé que j'avais l'intention de t'épouser le plus rapidement possible. Il a déjà assez de problèmes en ce moment sans avoir besoin de s'inquiéter à ton sujet.

— Il n'a pas à s'inquiéter à mon sujet. Je peux prendre soin de moi toute seule, murmura obstinément Kitty.

Mais elle savait que la situation était très critique. Même si les habitants d'Aristos étaient d'ardents royalistes, ils seraient déçus d'apprendre que l'une des princesses de la famille royale était enceinte sans être mariée et, comme l'avait dit Nikos, Sebastian avait déjà assez de problèmes à affronter pour le moment.

Quant à épouser Nikos… Comment aurait-elle pu se marier avec un homme qui lui en voulait de lui avoir menti ? Qui la contemplait maintenant avec une arrogance mêlée de mépris, comme si elle était une créature indigne ? Non seulement cette idée était ridicule, mais totalement absurde.

— Comment pourrions-nous nous marier ? demanda-t-elle d'une voix sourde. Nous ne nous aimons pas.

Nikos lui lança un regard empli de dérision.

— Qu'est-ce que l'amour, sinon une illusion nourrie par les romans et les films ? répliqua-t-il d'un ton cynique. Les gens confondent trop souvent désir sexuel et amour, mais ce n'est certainement pas une erreur que je commettrai. Je te propose un mariage de convenance pour le bien-être de notre enfant, un point, c'est tout.

Kitty sentit un frisson glacé la parcourir.

— Je n'ai jamais su qui était mon père, poursuivit-il d'une voix dure. Ma mère n'a jamais voulu me révéler son nom, mais je me suis toujours demandé si je lui ressemblais.

Il regarda Kitty avec une lueur farouche au fond des yeux.

— Je ne permettrai jamais que mon enfant souffre de ne pas savoir d'où il vient.

Profondément ébranlée par l'émotion brute et la sincérité qui avaient émané de sa voix, Kitty se tordit les mains.

— Nikos, soyons raisonnables, dit-elle avec désespoir. Je ne suis enceinte que de trois semaines et ce serait de la folie pure de se précipiter dans le mariage… Il y a d'autres solutions. Si tu veux vraiment jouer un rôle dans la vie de l'enfant, nous trouverons un arrangement. Tu pourrais venir le voir régulièrement…

A ces paroles, Nikos lui lança un regard noir.

— Ce que je veux dire, reprit-elle en rassemblant tout son courage, c'est que nous devons prendre notre temps et éviter de nous précipiter vers des décisions trop hâtives. Je ne suis pas une modeste employée. Ma situation financière est plus que confortable et je suis entourée de ma famille. Je réussirai très bien à élever cet enfant seule, je t'assure.

Apparemment, elle était déterminée à le faire, songea Nikos en serrant les poings involontairement. Mais il était tout aussi déterminé à faire partie de la vie de cet enfant. Il serait un vrai père pour lui, pas un père étranger qui viendrait le voir de temps en temps, selon des règles pré-établies.

— Tu vas donc annoncer à ta mère, qui est encore sous le choc dû à la perte de son mari, que tu refuses d'épouser le père de ton enfant ? Et qu'en outre, tu te moques éperdument que, par ta faute, la honte s'abatte sur la famille royale ? demanda-t-il durement. En ce moment même, Sebastian parle à la reine. Il veut lui apprendre ta grossesse lui-même, car il craint les commérages des serviteurs — inévitables après la scène qui s'est déroulée dans le salon tout à l'heure.

Kitty poussa un petit cri de détresse, mais il continua impitoyablement.

— Espérons seulement qu'aucun des invités ou des journalistes présents n'auront deviné que tu es enceinte. Si nous nous marions rapidement, personne ne saura qu'il s'agit d'un mariage précipité.

Tout en parlant, il ne put s'empêcher d'apprécier la silhouette de Kitty. Sa robe longue dissimulait ses formes ravissantes mais, sous le lourd tissu, Nikos imaginait facilement la rondeur pleine de ses seins, ainsi que la courbe de ses hanches. Une fois encore, il se sentit en proie à la frustration qui l'avait harcelé depuis la nuit du bal. Il éprouvait une envie irrésistible de s'approcher d'elle, d'ôter les épingles qui retenaient ses beaux cheveux soyeux pour les laisser couler sur ses épaules et sur son dos.

Quand elle leva les yeux vers lui, il remarqua que ceux-ci étaient d'un brun profond et chaud, doux comme du velours et bordés de cils incroyablement longs et épais.

— Où sont tes lunettes ? demanda-t-il d'un ton moqueur. Faisaient-elles partie de ta panoplie de modeste serveuse ?

Derrière son air méprisant, il faisait un effort surhumain pour ne pas se pencher vers sa bouche rose et sensuelle. Et il était furieux envers lui-même de la désirer encore, même après avoir eu la preuve qu'elle lui avait menti.

— Je porte mes lentilles de contact, aujourd'hui, dit-elle d'un ton crispé, et je t'ai déjà expliqué que je n'avais pas eu l'intention de te tromper.

Kitty détourna le regard. Elle était obsédée par l'idée que sa mère serait choquée et horriblement inquiète à la nouvelle de sa grossesse. Elle voudrait sûrement que sa fille épouse Nikos, songea-t-elle avec panique, et Sebastian aussi. Mais comment pourrait-elle épouser un homme qui avait affirmé ne pas croire à l'amour ?

— Fais attention à ne pas commettre d'erreur, fit tranquillement Nikos en observant les émotions qui se succédaient sur son visage délicat. Si tu penses que je vais te laisser élever notre enfant seule, tu te trompes. Je te préviens que je lutterai pour obtenir sa garde. Même si cela devait entraîner la fin de mon amitié avec Sebastian.

Il était sérieux, sans aucun doute, comprit-elle en se sentant parcourue par un frisson. Dans la grotte, il lui avait dit qu'il était un pirate et, à présent, elle se rendait compte avec une clarté terrifiante qu'il n'avait pas menti : si elle décidait de se battre contre lui, elle perdrait à coup sûr.

— Je suis entièrement déterminé à ce que mon enfant vive en Grèce avec moi, ajouta-t-il brutalement. C'est à toi de décider si tu veux jouer un rôle actif dans son éducation.

— Que veux-tu dire ? Tu ne peux pas envisager que je quitte Aristos ? J'ai toujours vécu ici.

Le soir du bal, sa vie au palais lui avait paru étouffante mais maintenant, elle lui semblait rassurante et bienfaisante. Non, elle ne voulait pas s'en aller.

Pourtant, son existence allait subir de grands changements, bien sûr, puisqu'elle allait être mère. En outre, au fond de son cœur, elle savait bien qu'elle ne pourrait pas rester au palais pour y élever son enfant seule.

— Si nous devions nous marier, pourquoi ne pourrais-tu pas venir vivre ici ? demanda-t-elle d'une voix mal assurée.

— Mes affaires sont basées à Athènes, et je dois être sur place, répondit-il d'une voix calme. Evidemment, en tant qu'épouse, tu vivras avec moi, et même si nous gardons des liens étroits avec Aristos et la famille royale, notre enfant grandira en Grèce. J'en ai déjà parlé avec Sebastian et il est complètement d'accord avec moi.

A ces paroles, Kitty avait tressailli violemment. *Sebastian était d'accord,* avait dit Nikos et, même si son frère ne la forcerait jamais à l'épouser, elle comprenait bien qu'elle n'avait pas d'autre choix. Elle avait l'impression atroce que des barreaux se refermaient autour d'elle. Tout à coup, elle se sentit prise au piège et eut du mal à respirer. Se levant rapidement, elle se dirigea vers la porte.

Pour le bien-être de son enfant, et pour la famille royale, elle serait contrainte d'épouser Nikos, mais la perspective d'être prisonnière d'une union sans amour l'emplissait de désespoir.

— J'ai besoin de temps pour réfléchir, dit-elle.

Les yeux étincelants, il s'avança vers elle.

— Sebastian m'a appris que tu étais une femme brillante, diplômée et cultivée, aussi, je ne doute pas un seul instant que tu saisisses la gravité de la situation, dit-il durement. Tu dois prendre ta décision *maintenant*. En ce moment même, la reine et Sebastian doivent attendre ta réponse.

Ainsi, elle n'avait même pas le temps de souffler un peu et de réfléchir, songea-t-elle en se sentant le cœur affreusement lourd. Mais Nikos avait raison, elle le savait.

Lentement, elle leva les yeux vers lui. Même au milieu de ce tourment, une vague de désir naquit au plus profond de sa féminité. Elle observa son beau visage, ses traits ciselés et ses lèvres pulpeuses. Comment la bouche sensuelle qu'elle avait embrassée pouvait-elle prendre un pli si cruel ? Devant l'indéniable aura de puissance qui émanait de lui, elle se sentit soudain faible et exténuée. Elle n'avait pas la force de lutter contre cet homme.

— Quand ? demanda-t-elle avec effort. Je suppose que le mariage devra avoir lieu au cours des prochains mois ?

— Bien avant cela. Sebastian envisage le 11 juillet et a déjà annulé tout ce qui était prévu pour ce jour-là.

— Dans trois semaines ! s'exclama-t-elle, complètement paniquée. Je ne peux pas, Nikos.

— Si, tu le peux, répliqua-t-il en dardant sur elle un regard qui la glaça. Et, de toute façon, tu n'as pas le choix, Kitty.

7.

Les trois semaines suivantes passèrent dans un véritable tourbillon. Kitty se sentait totalement extérieure aux préparatifs qui se déroulaient autour d'elle. Elle avait presque l'impression d'évoluer dans un rêve et s'attendait à se réveiller d'un moment à l'autre, pour se rendre compte qu'elle n'avait jamais rencontré Nikos Angelaki — et surtout qu'elle n'était pas tombée enceinte de lui.

Mais lorsque, le matin de son mariage, elle ouvrit les yeux et vit sa robe de mariée suspendue devant elle, elle fut forcée de se rendre à la réalité. Dans quelques heures, elle deviendrait la femme de Nikos, un destin auquel elle ne pouvait échapper, pour le bien-être de son enfant.

— Je t'avais dit que toutes les mariées étaient belles le jour de leurs noces ! s'exclama Liss un peu plus tard en caressant la soie blanche. Tu es *superbe* ! Cette robe te va à merveille. Et j'espère que tu ne porteras plus jamais ces horribles sweat-shirts que tu affectionnes tant ! De toute façon, Nikos ne te le permettra pas.

Kitty sentit un poids terrible peser sur son cœur en songeant à la vie qui l'attendait loin d'Aristos.

— Tu sais que je n'aime pas les soirées mondaines, dit-elle d'une voix morne. Et dans quelques mois, je serai énorme — je n'aurai certainement pas l'air sexy. J'ai déjà pris pas mal de poids, surtout au niveau de la poitrine.

Elle se regarda de nouveau dans le miroir.

— Mon décolleté n'est pas trop profond ? demanda-t-elle à sa sœur avec inquiétude, en contemplant le bustier brodé de perles minuscules et chatoyantes contenant avec peine ses seins gonflés.

— Nikos ne pourra pas détacher ses yeux de toi, affirma Liss avec chaleur. Je suis si contente que tu te sois décidée à laisser tes cheveux libres ! Cela te donne un air beaucoup plus doux que quand tu les tires en arrière.

— Tu as sans doute raison, mais ce n'est pas très pratique.

En effet, les cheveux épais de Kitty lui descendaient presque jusqu'à la taille. Suivant les conseils de sa sœur, elle les avait laissés tomber librement. Une petite couronne de roses blanches remplaçait le diadème qu'elle portait lors des grandes occasions. Liss, qui avait insisté pour la maquiller, s'était contentée de faire ressortir ses yeux bruns avec une ombre gris-mauve et de mettre un peu de gloss rose tendre sur ses lèvres.

Le résultat final était stupéfiant, à tel point que Kitty avait du mal à se reconnaître dans le miroir.

Instinctivement, elle posa la main sur son ventre avant d'inspirer profondément. Elle et Nikos allaient se marier parce qu'en l'espace d'une folle nuit, un enfant avait commencé à se former en elle. Uniquement pour cela, il n'y avait aucune émotion, aucun sentiment dans cette union.

— Comme si l'on devait songer au *pratique* un jour comme aujourd'hui ! protesta Liss en levant les yeux au ciel. Tu vas te marier, et avec l'homme le plus sexy du monde. *En plus*, regarde ce qu'il t'a envoyé.

Liss se tourna vers la bonne qui se tenait respectueusement à l'entrée de la pièce.

— Apportez les fleurs envoyées par M. Angelaki, Anna, s'il vous plaît.

La jeune fille sortit aussitôt avant de revenir avec un magnifique bouquet de roses blanches et roses qu'elle tendit à Kitty.

— Tu as beau répéter qu'il ne s'agit que d'un mariage de convenance, reprit Liss, il est évident qu'il y a quelque chose entre toi et Nikos. J'ai bien vu les regards qu'il te lançait sans cesse hier soir au cours du dîner — on aurait dit qu'il ne pouvait plus attendre de t'emmener au lit.

Kitty se sentit rougir jusqu'aux oreilles sous le regard amusé de sa sœur.

— Et il y a quelques jours, il m'a appelée de New York pour me demander quelles étaient tes fleurs préférées.

— C'est vrai ? demanda Kitty d'un ton faussement détaché.

Quand elle pencha son visage vers les roses parfumées, elle sentit son cœur faire un petit bond dans sa poitrine. C'était la première fois qu'un homme lui faisait envoyer des fleurs, et le fait que Nikos se soit donné la peine de savoir quelles étaient celles qu'elle préférait avait fait germer un tout petit espoir en elle. Finalement, peut-être que leur mariage ne serait pas aussi sombre qu'elle le redoutait… Des larmes lui montèrent aux yeux, elle les refoula rapidement.

— Merci de m'avoir aidée à me préparer, Liss, murmura-t-elle.

— Je l'ai fait avec plaisir, tu le sais bien, répliqua Liss en souriant. Je suis impatiente de voir la réaction des invités à ton arrivée — surtout celle de Nikos.

Kitty dut avoir l'air si inquiet que sa sœur reprit d'une voix douce :

— J'espère sincèrement que tout ira bien pour toi, Kitty. Je sais que ce bébé n'était pas prévu et que ce mariage a été un peu précipité. Je sais aussi que Nikos est aussi déterminé que Sebastian, et que, pour eux, le devoir passe avant tout. Mais je voudrais que toi tu saches que nous avons tous ton intérêt à cœur, et je suis sûre que la meilleure solution est que tu épouses Nikos.

— J'espère que tu as raison, dit Kitty avec un tremblement dans la voix.

Elle se regarda de nouveau dans le miroir, songeuse. Depuis que leurs fiançailles avaient été annoncées dans les médias, trois semaines plus tôt, Nikos n'était venu au palais que deux fois avant de partir pour l'Amérique. Et, à ces deux occasions, ils n'avaient pas été seuls. Il s'était montré poli et charmant, et avait complètement conquis la reine Tia, mais il était resté très distant envers Kitty. Même quand il l'avait appelée des Etats-Unis, leurs propos s'étaient limités à des questions tournant autour de sa grossesse.

Eh bien, au moins, elle avait pu le rassurer sur ce point. Mis à part quelques matins où elle s'était sentie nauséeuse, elle était en effet en pleine forme et mangeait comme quatre. Sa mère avait beau lui dire qu'elle était resplendissante et épanouie, Kitty se demandait comment réagirait Nikos quand il verrait que son corps s'était déjà considérablement arrondi.

Mais, de toute façon, allait-il voir son corps ? La passion sauvage qu'ils avaient partagée lui semblait à présent un rêve très lointain. Si elle n'avait pas porté son enfant, elle aurait presque pu croire qu'elle avait imaginé le plaisir merveilleux qu'elle avait vécu cette nuit-là.

Nikos avait-il l'intention de partager son lit avec elle, le soir de leur mariage ? Kitty contempla son reflet dans le miroir en sentant ses tétons se dresser malgré elle à cette pensée. Ils n'avaient pas parlé de cet aspect de leur union, et elle ignorait totalement s'il la désirait encore.

— Nous ferions bien d'y aller, maintenant, dit Liss après avoir jeté un coup d'œil à la pendule posée sur la cheminée en marbre. Tu es prête ?

Kitty respira à fond avant de répondre.

— Aussi prête que possible, murmura-t-elle.

Située dans les jardins du palais, la chapelle privée était comble. Quand Kitty en franchit le porche, des murmures parcoururent l'assemblée et résonnèrent sous les voûtes de pierre.

Consciente des regards curieux posés sur elle, elle s'avança, les yeux rivés sur la haute silhouette puissante et sombre qui l'attendait devant l'autel.

A la réaction des invités, Nikos avait bien dû deviner qu'elle était arrivée, mais il resta de dos, immobile. Son manque de curiosité lui fit l'effet d'une gifle. Une appréhension terrible lui noua l'estomac et, durant un instant, une véritable panique s'empara d'elle.

— Tu te sens bien ? chuchota Sebastian en lui prenant le bras avant de la regarder avec inquiétude. Kitty, tu ne vas pas t'évanouir, n'est-ce pas ?

A cet instant, des notes profondes et pures s'élevèrent de l'orgue tandis qu'une musique céleste se déployait dans l'église. En proie à un doute affreux, Kitty dut résister au désir irrésistible de s'enfuir.

Mais quand elle vit le regard inquiet de son frère, la leçon qu'on lui avait enseignée depuis sa plus tendre enfance lui revint à la mémoire et effaça tout le reste. Le devoir devait passer avant tout, songea-t-elle avec résolution.

— Je vais bien, murmura-t-elle en se forçant à sourire à Sebastian. Ne t'en fais pas.

Le trajet qui menait à l'autel lui sembla néanmoins interminable et lorsqu'elle arriva enfin à la hauteur de Nikos, elle leva les yeux sur lui pour découvrir un regard dénué de toute expression.

Quelques instants plus tard, il prononça ses vœux d'une voix claire et détachée, sans aucune émotion. Au contraire, Kitty, elle, avait la gorge si nouée que ses mots ressemblèrent plutôt à un chuchotement.

Refoulant ses larmes à la pensée qu'ils mentaient en se promettant amour l'un à l'autre, elle regarda Nikos lui glisser l'anneau d'or au doigt. Puis, lorsqu'il y enfila ensuite une bague où étincelait un diamant d'une taille spectaculaire, elle retint son souffle pendant quelques instants.

Quand le prêtre dit doucement à Nikos qu'il pouvait embrasser son épouse, Kitty tourna la tête vers lui, s'attendant à ce qu'il se contente de lui effleurer les lèvres. Mais au moment où elle leva les yeux vers les siens, elle y découvrit un éclat sauvage. Il la prit alors dans ses bras, pressant son corps ferme et puissant contre le sien. A sa grande stupéfaction, il n'était plus froid et distant. Et quand il pencha la tête vers elle avant de prendre sa bouche avec une ardeur non dissimulée, elle ne fit aucune tentative pour lui résister.

Elle attendait cela depuis si longtemps qu'elle fut incapable de contrôler ses réactions. Elle lui rendit son baiser avec la même ferveur, accueillant avec ravissement les caresses de sa langue sur la sienne. Traversée par une excitation violente, elle retint une plainte au moment où le prêtre toussa discrètement, leur rappelant ainsi que deux cents invités étaient témoins de leur baiser.

— Tu es très belle dans ta robe de mariée, lui dit Nikos un peu plus tard, quand le repas fut terminé.

Kitty venait de l'avertir qu'elle désirait aller se changer avant leur départ pour Athènes.

— Ne sois pas trop longue, *agape*, ajouta-t-il. Il nous faudra encore une heure de vol en hélicoptère avant d'atterrir à Athènes et je suis impatient d'être seul avec ma femme.

La lueur brûlante qui étincelait au fond de son regard fit naître un frisson d'appréhension au fond de Kitty. Après s'être détournée pour dissimuler son embarras, elle se dirigea en hâte vers sa chambre pour se changer.

Liss avait choisi pour elle un ensemble composé d'une jupe de soie couleur vert jade et d'une veste ajustée, qui faisait ressortir ses formes rondes et mettait son teint en valeur. Tout en se regardant dans le miroir, Kitty se demanda quelle serait la réaction de Nikos lorsqu'il découvrirait que, sous son tailleur, elle ne portait qu'un soutien-gorge en dentelle noire et une culotte assortie.

Apparemment, il considérait leur union comme un vrai mariage. Quant à elle, elle ne pouvait nier que l'attirance qui vibrait entre eux était aussi vive que le soir de leur première rencontre. Cependant, malgré l'excitation qui frémissait en elle, elle se sentait terriblement nerveuse à l'idée de partager son lit. Perdue dans ses pensées, elle sortit dans le couloir mais, au moment où elle s'avançait vers l'escalier, elle sentit son cœur sombrer dans sa poitrine en voyant Vasilis Sarondakos venir à sa rencontre.

— Tu n'as pas l'air très*joyeuse pour une mariée, fit-il d'un ton moqueur. Que se passe-t-il, Kitty ? Crains-tu que, si tu laisses ton mari seul trop longtemps, il n'aille flirter ailleurs — avec ta sœur, par exemple ?

Vasilis était ivre. Il s'exprimait avec difficulté et Kitty sentait une odeur d'alcool mêlée à son souffle. Après tout, elle ne le reverrait sans doute jamais, se dit-elle pour se rassurer. Elle voulut passer à côté de lui, mais il lui prit le bras et la poussa contre le mur.

— Lâche-moi ! protesta-t-elle vivement en essayant de se dégager.

Mais Vasilis la tenait fermement.

— Tu as raison de te faire du souci, s'esclaffa-t-il. Liss est loin d'être moche et Nikos est un play-boy bien connu pour ses innombrables conquêtes.

— Tais-toi, Vasilis ! s'exclama-t-elle en refoulant une vague de jalousie involontaire envers sa sœur. Il n'y a rien entre Liss et Nikos. Et c'est moi qu'il vient d'épouser, non ?

— Ah, mais personne n'est dupe des raisons de votre mariage précipité, répliqua Vasilis avec un clin d'œil obscène. Et je constate qu'Angelaki est encore plus avide de réussite sociale que je ne le pensais — en t'épousant, il a touché le jackpot !

— Ne sois pas ridicule, dit faiblement Kitty.

Mon Dieu, comment était-il au courant de sa grossesse ?

— Que veux-tu dire par là ? continua-t-elle. Il est archi milliardaire et il dirige une entreprise extrêmement florissante.

— Oui, une entreprise dont il a hérité après avoir séduit une autre idiote, repartit Vasilis d'un ton venimeux. Nikos Angelaki est le fils illégitime d'une paysanne. Il a grandi dans les taudis d'Athènes et, adolescent, il était déjà très impliqué dans les milieux criminels.

Elle dut avoir l'air si choqué qu'il s'interrompit un instant avant de poursuivre.

— Je vois que ton nouveau mari ne t'avait pas parlé de

son passé ? Demande-lui ce que signifie le tatouage qu'il a sur l'épaule, si tu ne me crois pas.

Sans lui laisser le temps de réagir, il continua.

— Dieu sait comment, Nikos a rencontré Larissa Petridis, la fille de Stamos Petridis, un armateur richissime. Larissa avait hérité de la compagnie de son père après la mort de celui-ci. Elle était célibataire, avec un penchant pour les jeunes hommes bien faits. On raconte qu'elle s'était rapidement entichée du beau Nikos — qui avait vingt ans de moins qu'elle. Nikos a vu la chance d'échapper à la pauvreté à laquelle il était destiné et il est devenu son amant. Quand Larissa est morte quelques années plus tard, elle lui a laissé la Petridis Company. Pas mal comme récompense pour avoir été le gigolo d'une vioque, tu ne trouves pas ?

Kitty sentait les mots grossiers de Vasilis s'insinuer en elle, mais elle avait bien l'intention de ne pas lui montrer son dégoût, ni le choc qu'elle venait de subir. Elle s'appuya le dos au mur pour ne pas chanceler.

— Je ne te crois pas, dit-elle d'une voix faussement calme. Comment pourrais-tu en savoir autant sur Nikos ?

— J'ai fait appel aux services d'un enquêteur pour obtenir quelques renseignements sur lui, répondit Vasilis sans le moindre embarras. On ne sait jamais, ça pourrait me servir. Si tu veux, je te montrerai le rapport qu'il a rédigé. Ça pourrait t'intéresser… C'est presque aussi passionnant qu'un magazine people…

— Je ne lis pas ce type de revue, répliqua-t-elle froidement.

— Non, sans doute, reconnut Vasilis. Pourtant, on peut y voir quantité de photos étalant les charmantes activités de ton mari, pendant les trois semaines qui ont précédé ton mariage.

— Nikos était aux Etats-Unis, pour travailler.

— Eh bien, il était certainement très actif, mais plutôt dans la chambre qu'au bureau. Regarde les choses en face, Kitty, fit-il méchamment. Tu n'es pas le genre de Nikos Angelaki — et je suppose que c'est pour cela qu'il a passé les dernières semaines avec sa maîtresse, Shannon Marsh…

Le regard mauvais, il sortit un magazine de la poche de sa veste et l'ouvrit sur une double page. Atterrée, Kitty y vit Nikos en compagnie d'une superbe blonde à la peau bronzée.

L'air parfaitement détendu, il riait avec sa compagne et la complicité qui semblait régner entre eux déchira le cœur de Kitty, plus encore que la vue de Shannon Marsh pressant ses seins nus contre la poitrine musclée de Nikos. Après avoir arraché le magazine des mains de Vasilis, Kitty parcourut rapidement le court paragraphe commentant les photos. Quand elle découvrit son propre nom imprimé, elle se sentit blêmir. L'auteur de ces lignes disait que, sur le point d'épouser une princesse européenne, Nikos Angelaki passait du bon temps avec sa maîtresse américaine.

— Je t'avais bien dit que tu aurais dû te marier avec moi, dit Vasilis en titubant légèrement. Moi, je ne t'aurais pas humiliée le jour de notre mariage. La plupart des invités ont dû lire ceci ce matin, et ils ont sans doute compris la vraie raison de votre union précipitée.

A ces paroles, Kitty s'était sentie submergée par une vague de nausée. Sa confiance en elle-même était brutalement réduite à néant. Ce matin-là, les invités ne l'avaient pas admirée parce qu'elle s'était transformée en une mariée ravissante. Ils l'avaient comparée à Shannon Marsh, dont la silhouette époustouflante s'étalait sur les pages d'un magazine diffusé dans le monde entier.

Et Nikos ? Que penser de son apparente impatience de l'emmener dans son lit ? Comment aurait-il pu la désirer alors que Shannon l'attendait aux Etats-Unis ? songea-t-elle misérablement.

Cette fois, elle se dégagea de la poigne de Vasilis et ne ressentit aucune pitié pour lui lorsqu'il vacilla dangereusement. Ebranlée au plus profond d'elle-même, elle se rendait compte que son propre corps tremblait violemment. Ce n'était pas bon pour son enfant, songea-t-elle en se forçant à respirer calmement.

Seul celui-ci comptait, songea-t-elle en descendant l'escalier majestueux d'un pas résolu. Il constituait l'unique raison pour laquelle elle avait épousé Nikos. Désormais, elle concentrerait toute son énergie sur ce petit être qui poussait en elle.

8.

Malgré son désespoir, elle réussit à sourire aux invités rassemblés sur la pelouse, où les attendait l'hélicoptère de Nikos.

Depuis sa plus tendre enfance, on lui avait répété qu'en tant que membre de la famille royale, elle ne devait jamais montrer ses émotions en public. Et elle y parvenait plutôt bien.

Dieu merci, elle avait pu faire croire à Sebastian et à la reine Tia qu'elle était heureuse de quitter Aristos pour aller vivre sa nouvelle vie en Grèce, songea-t-elle en leur adressant un dernier signe de la main.

Quelques instants plus tard, l'hélicoptère décolla en douceur avant de s'élever rapidement au-dessus du palais. Incapable de regarder Nikos en face, elle ferma les yeux et fit semblant de dormir.

Elle avait beau se répéter qu'avant leur mariage, il avait été libre de faire ce dont il avait envie, elle se sentait profondément humiliée qu'il se soit affiché aussi ouvertement avec sa maîtresse à moitié nue.

Quant à l'histoire racontée par Vasilis sur son passé, elle ne savait quoi en penser. Connaissant la personnalité tordue de cet homme, elle croyait volontiers qu'il ait pu engager un détective privé pour aller fouiller dans la vie de Nikos. De toute façon, ce qu'il lui avait dit était sans doute facile à vérifier. Elle se moquait éperdument que Nikos vienne d'un milieu pauvre, mais elle était consternée à la pensée qu'il puisse devoir sa fortune et son succès à une relation intéressée avec une femme riche et plus âgée que lui.

Mais, en dépit de ce qu'elle venait d'apprendre sur lui, elle sentait son corps réagir vivement à la proximité de Nikos. Sentant son regard sombre et inquisiteur posé sur elle, elle serra les paupières.

Au bout de quelques minutes, elle l'entendit soupirer et, quand elle entrouvrit les yeux, elle vit qu'il était concentré sur la lecture d'un journal.

Nikos vivait en plein cœur d'Athènes, dans une imposante tour à l'architecture audacieuse qui s'élevait au-dessus des rues animées. Quand la limousine se gara, Kitty se sentit traversée par une puissante vague de nostalgie. C'était vraiment tout le contraire de la paix et de la tranquillité d'Aristos, songea-t-elle en réprimant un frisson.

— Quand je serai au bureau, Stavros, mon chauffeur, sera à ta disposition. C'est un très bon garde du corps et tu ne dois pas quitter l'appartement sans lui, lui annonça Nikos lorsqu'ils entrèrent dans l'ascenseur.

— A Aristos, je me passais très bien de garde du corps, répliqua vivement Kitty. Je n'en ai pas besoin ici non plus.

— La vie à Aristos est différente de celle d'Athènes, dit Nikos d'un ton sec. Les gens, et surtout la presse, sont fascinés à l'idée de compter une princesse parmi eux. Tu as bien dû voir les paparazzi qui nous ont suivis à l'aéroport. Demain, ta photo fera la une de tous les journaux. Malheureusement, ce genre d'intérêt n'est pas toujours sain.

— Que veux-tu dire ? demanda Kitty en fronçant les sourcils.

— Que certains individus sont envieux de ma fortune, et de la tienne. Je ne veux pas t'effrayer, Kitty, mais tu dois te rendre compte qu'il n'est pas exclu qu'on tente de te kidnapper. Si tu suis mes instructions et que tu ne t'éloignes pas de Stavros, tu ne courras aucun risque.

Il préféra ne pas lui avouer qu'en fait, il avait dit à Stavros de ne jamais la quitter, et pas seulement d'assurer sa sécurité. Kitty avait affirmé qu'elle voulait garder l'enfant, mais il ne voulait prendre aucun risque — il tenait à être mis au courant de ses moindres déplacements, à chaque instant.

Devant la mine sombre de Nikos, Kitty comprit que cela ne servirait à rien de protester, mais son cœur sombra dans sa poitrine. Après avoir pensé être plus libre à Athènes, loin du protocole rigide du palais, elle se rendait compte qu'elle avait quitté une prison pour entrer dans une autre.

Quand l'ascenseur s'arrêta au dernier étage, directement dans le hall de l'appartement, Nikos la prit par surprise en la soulevant dans ses bras.

— Maintenant, tu es vraiment ma femme, murmura-t-il.

Kitty se raidit malgré elle. Les photos vues dans le magazine revenaient hanter son esprit, et elle gigota tant dans ses bras qu'il dut la reposer sur le sol.

— Je suis trop lourde pour toi, dit-elle avec embarras. Tu vas te faire mal au dos.

— Je ne crois pas, *agape*, répliqua-t-il d'une voix rauque.

Il tenta de comprendre sa réaction. C'était la première fois qu'elle venait chez lui, peut-être était-ce naturel qu'elle se sente nerveuse, pensa-t-il. En outre, cet endroit devait être très différent de l'environnement auquel elle était habituée. Même si son appartement avec terrasse était luxueux, ce n'était pas un palais royal.

Ils devraient y faire effectuer des travaux, songea-t-il. Depuis son divorce, il n'avait invité aucune de ses maîtresses chez lui. Désormais, Kitty y vivrait avec lui et elle n'était pas une de ses maîtresses, mais *sa femme*.

Avec une légère appréhension, il se demanda comment leur vie commune allait se dérouler. Cela faisait si longtemps qu'il vivait seul… En pensant que dans quelques mois le bébé partagerait leur existence, il fut saisi d'une joie féroce.

Il serait un bon père, jura-t-il en silence. Son enfant ne manquerait de rien, et surtout pas d'affection. Nikos se tourna vers Kitty et descendit son regard sur ses seins, mis en valeur par sa veste de soie ajustée. La jupe assortie moulait à ravir ses adorables hanches rondes et il s'imagina en train de faire glisser l'étoffe verte sur ses hanches. Aussitôt, sa virilité réagit vivement et il dut résister à la tentation de l'emmener dans son lit sur-le-champ.

Son cœur s'accélérant dans sa poitrine, il lui posa la main sur l'épaule avant de caresser ses longs cheveux châtains. Il avait envie de repousser les mèches soyeuses et de presser ses lèvres contre le pouls qu'il voyait battre frénétiquement à la base de son cou. Mais il se rendit compte qu'elle était de nouveau très tendue, aussi laissa-t-il retomber sa main.

Il ne voulait pas savoir ce qu'elle avait. Pour être franc, il n'était pas d'humeur à jouer à ces petits jeux. Quand il l'avait embrassée à l'église, son ardente réaction avait bien montré qu'elle partageait son impatience à consommer leur mariage. Pourquoi se montrait-elle donc si froide à présent ? Avait-elle besoin de temps pour s'adapter ?

S'efforçant de refréner son impatience, il s'écarta d'elle.

— Je vais te faire visiter les lieux. Comme cela, tu te sentiras peut-être plus à l'aise.

— Merci, dit Kitty en le suivant dans l'immense hall.

L'appartement était ultra moderne, constata-t-elle en regardant autour d'elle. Et minimaliste. C'était l'appartement typique d'un homme d'affaires célibataire et très occupé, songea-t-elle. Pas du tout le genre d'endroit où élever un enfant.

Tout en refoulant ses larmes, elle repensa à l'atmosphère désordonnée mais chaleureuse de la nursery du palais, où les jouets traînaient sur le sol, et où les murs étaient recouverts d'une immense bibliothèque contenant tous les recueils de contes qu'elle adorait.

— Tu n'auras pas besoin de passer beaucoup de temps ici, dit Nikos en la faisant entrer dans la cuisine rutilante. Sotiri, mon majordome et cuisinier, s'occupe de tout sur le plan domestique. Je te le présenterai plus tard.

Ensuite, il lui fit découvrir l'élégante salle à manger et trois vastes chambres. Kitty songea que l'une d'entre elles pourrait être transformée en nursery. A l'extrémité du couloir, après que Nikos eut ouvert la dernière porte, Kitty s'immobilisa brusquement.

La chambre principale donnait sur l'Acropole qui, maintenant que la nuit était tombée, était illuminé par un éclairage subtil — il étincelait d'or sur le ciel bleu indigo. La vue était stupéfiante, mais son attention était surtout attirée par l'immense lit qui dominait la pièce.

Des miroirs couvraient l'un des murs du sol au plafond, reflétant le lit et ses draps de soie noire — et ses éventuels occupants, songea-t-elle en sentant son cœur battre rapidement. Puis elle aperçut une bouteille de champagne disposée dans un seau à glace.

C'était une chambre faite pour la séduction... Kitty se demanda combien de femmes Nikos y avait amenées.

Le cœur battant de plus en plus violemment dans sa poitrine, elle le regarda en se demandant s'il comptait la conduire au lit *tout de suite*.

— La bonne a défait les malles envoyées du palais et rangé tes affaires dans ton dressing. Viens, je vais te montrer.

Le dressing était spacieux, les placards en chêne conçus avec art. Il y avait aussi une coiffeuse assortie, ainsi qu'un grand sofa. Une autre porte menait à une salle de bains.

Lentement, son inquiétude diminua. Au moins, elle aurait un endroit à *elle*, où elle pourrait se réfugier...

Nikos avait ouvert les penderies et contemplait leur mince contenu en fronçant les sourcils.

— Tu ne peux pas posséder que ces vêtements. Pourquoi n'as-tu pas fait venir toutes tes affaires d'Aristos ?

— C'est tout ce que je possède, répondit Kitty d'une voix crispée. Je ne me suis jamais beaucoup intéressée à la mode.

— Eh bien, il n'est jamais trop tard pour commencer, répliqua-t-il avec impatience. Je comprends que tu portes encore le deuil de ton père, mais tu ne sembles posséder que des vêtements noirs.

— Ce ne sont pas des vêtements de deuil. Je porte du noir parce que cela me fait paraître plus mince, dit-elle en rougissant malgré elle.

— Le noir ne te va pas, fit-il brutalement. Je vois que nous allons devoir faire du shopping. Je mène une vie très mondaine et une foule de gens attendent avec impatience de faire la connaissance de ma princesse.

Kitty sentit une appréhension atroce la gagner. Les *gens* dont parlait Nikos seraient très déçus quand ils découvriraient qu'elle n'était pas la princesse glamour et sophistiquée à laquelle ils s'attendaient. Nikos s'avança vers elle et lui prit la main. Aussitôt, la vague d'appréhension se transforma en une excitation impatiente sans qu'elle ne puisse rien y faire. Il l'entraîna fermement vers la chambre.

— J'aime la tenue que tu portes en ce moment, murmura-t-il.

Sa voix avait été si profonde et si sensuelle que Kitty ne put empêcher un frémissement de la parcourir tout entière. Et quand il posa délicatement la main sur son épaule avant de la laisser glisser sur le devant de sa veste, elle retint son souffle.

— C'est Liss qui l'a choisie pour moi, dit-elle d'une voix à peine audible.

— Dans ce cas, c'est dommage que ta sœur n'ait pas choisi toute ta garde-robe ! s'exclama-t-il en riant doucement.

A ces paroles, Kitty s'était sentie traversée par un accès de jalousie. Liss était belle et séduisante, et son goût vestimentaire exquis. Si elle avait participé au bal six semaines plus tôt, Nikos l'aurait remarquée et il ne serait pas allé se promener sur la plage — et il n'aurait *jamais* fait l'amour avec une servante du nom de Rina.

Tout son manque d'assurance revenait au galop, renforcé par les paroles de Vasilis. Comment aurait-elle pu espérer rivaliser avec la beauté époustouflante de Shannon Marsh ?

Nikos venait d'ôter sa veste et, quand il commença à déboutonner sa chemise, Kitty sentit sa bouche devenir horriblement sèche.

— Je veux dormir seule ce soir, dit-elle rapidement, le cœur battant à tout rompre. La journée a été longue et je suis exténuée.

Après s'être figé à ces paroles, Nikos la contemplait d'un air interrogateur.

— Dans ce cas, pourquoi n'as-tu pas profité du voyage pour te reposer ? Tu ne crois quand même pas que je n'ai pas compris que tu faisais semblant de dormir ?

La note d'impatience contenue dans sa voix irrita Kitty. Il pouvait être détendu. Tout s'était déroulé comme il l'entendait. Alors que sa vie à elle avait été complètement chamboulée.

— C'est vrai. J'ai fait semblant de dormir — pour ne pas avoir à te parler, répliqua-t-elle brutalement. Et l'idée d'aller au lit avec toi me rend malade.

Nikos serra les mâchoires en luttant contre la colère qui avait jailli en lui.

— Ce n'est pas l'impression que tu m'as donnée lorsque je t'ai embrassée à l'église, dit-il d'une voix onctueuse. Pourquoi ce soudain changement d'humeur ?

Kitty rougit en se rendant compte qu'elle lui avait répondu avec brusquerie. Nikos avait interrompu son geste et sa chemise était ouverte jusqu'à la taille, si bien que, fascinée, elle contemplait sa peau lisse et hâlée. Il était si beau et elle si ordinaire, songea-t-elle misérablement. A l'idée de se déshabiller devant lui, elle sentait tout son corps frissonner d'effroi.

— Que se passe-t-il vraiment, Kitty ? reprit Nikos, visiblement frustré de ne pas réussir à la comprendre.

Il semblait décidé à obtenir des explications, quitte à les attendre toute la nuit. Après avoir hésité quelques instants, elle murmura :

— Tout à l'heure, après m'être changée, j'ai rencontré quelqu'un — un vieil ami…

A ces mots, sa voix avait tremblé. Appeler Vasilis Sarondakos *un vieil ami*…

— J'ai appris des choses sur toi…, continua-t-elle avec hésitation. Des choses que j'ignorais, concernant ton passé, comme le fait que tu venais d'un milieu pauvre et que tu avais eu des ennuis avec la justice.

Nikos la regardait d'un air sombre, sans dire un mot. Néanmoins, elle poursuivit.

— J'ai aussi appris qu'on racontait que tu devais ta fortune à une riche héritière, Larissa Petridis, qui t'a légué la compagnie maritime de son père, parce que tu avais été son… gigolo.

— Je suis très curieux de savoir qui était ce *vieil ami*, fit Nikos, d'une voix dangereusement douce.

A présent, il la contemplait avec une expression à la fois amusée et arrogante, mais la lueur dure qui éclairait ses yeux révélait à Kitty qu'il était furieux. Sans pouvoir s'en empêcher, elle recula d'un pas.

— Aie au moins la décence de me dire quel est l'individu qui s'est donné tant de mal pour me poignarder dans le dos !

Elle hésita un instant.

— C'est un ami de Sebastian — Vasilis Sarondakos.

A ces mots, Nikos éclata d'un rire dur.

— Sarondakos n'est pas un ami de ton frère. Sebastian l'a invité uniquement parce que le roi Aegeus était un ami du son père.

Elle le savait parfaitement, mais avait-il menti à propos de Nikos ?

— Ces rumeurs sont-elles vraies ? demanda-t-elle d'une voix étranglée.

— Je n'ai jamais rien caché de mon passé, répondit Nikos en haussant négligemment les épaules.

Même s'il semblait détendu, Kitty sentait la colère frémir en lui. Elle recula encore d'un pas avant de sentir ses jambes heurter quelque chose.

— J'ai grandi dans des conditions que tu serais incapable d'imaginer, reprit-il sèchement. Comment le pourrais-tu, après avoir mené une vie de princesse dans un palais royal, entourée de luxe et de richesse ? Ma mère a travaillé nuit et jour pour pouvoir me nourrir et m'habiller, mais elle était jeune et sans éducation, forcée de lutter seule après avoir été séduite et abandonnée par mon père. Et quand sa famille a appris qu'elle était enceinte, ils l'ont tous reniée.

Le visage de Nikos se durcit encore.

— Je n'ai pas honte de mon passé, et la faim qui me dévorait le ventre m'a servi à développer une volonté de fer. J'étais farouchement déterminé à créer une vie meilleure pour moi et ma mère. Mais c'est vrai qu'il y a eu une époque, à la fin de mon adolescence, où j'ai fait partie de gangs de rues, et si je n'avais pas rencontré Larissa Petridis, j'aurais pu facilement finir en prison plutôt que de me retrouver à la tête d'une compagnie aussi florissante que la mienne.

Kitty le regarda avec de grands yeux.

— Alors, tu as bien séduit une femme riche et tu es devenu son amant dans l'espoir d'hériter de sa compagnie ?

— Je n'ai pas l'intention de parler de ma relation avec Larissa, répondit-il froidement. Je reconnais que j'ai hérité de la compagnie Petridis Shipping de Larissa, mais même si celle-ci était une personne extraordinaire, elle était une femme d'affaires très médiocre. Quand j'ai repris la Petridis Company, elle était sur le point de faire faillite. J'ai travaillé dur pour redresser la situation, et c'est uniquement grâce à moi si la Petridis Angelaki Shipping Company a fait récemment des bénéfices prodigieux.

Tout en parlant, Nikos s'était approché de Kitty et, à présent, elle se trouvait coincée entre lui et le lit. Elle sentait la colère émaner de Nikos et, le cœur battant, elle poussa un cri quand il tendit brusquement la main vers elle avant de lui prendre le menton.

— Lâche-moi ! s'écria-t-elle.

— Que se passe-t-il, Kitty ? As-tu peur de te salir les mains en me touchant, maintenant que tu sais d'où je viens ?

— Bien sûr que non, protesta-t-elle.

Kitty se fichait bien de son statut social, et du milieu duquel il venait. C'était plutôt ce qu'il avait fait au cours des semaines précédant leur mariage qui la torturait. Des visions de Nikos en train de faire l'amour à Shannon lui donnaient une nausée épouvantable.

86

— Nous n'aurions jamais dû nous marier, dit-elle farouchement. Je veux l'annulation de ce mariage.

— Parce que tu penses que je ne suis pas assez bon pour toi ? demanda-t-il avec mépris. Je savais que tu étais une horrible snob.

— Ce n'est pas pour cela, riposta-t-elle, blessée par son ton méprisant.

Elle fouilla dans son sac pour en sortir le magazine que lui avait donné Vasilis.

— Tu t'es moqué de moi, Nikos, et pas seulement en Grèce, mais dans le monde entier. En plus, la plupart des invités à notre mariage avaient dû voir ces photos ce matin même.

Après avoir ouvert le magazine sur la double page montrée par Vasilis, elle le brandit devant Nikos.

— Tout le monde a dû rire dans mon dos — la grosse Kitty, celle dont le nouveau mari a passé les semaines précédant son mariage avec sa belle maîtresse américaine.

Laissant toutes les émotions qu'elle avait réprimées jaillir, elle continua.

— Tout le monde a dû comprendre que j'étais enceinte et que tu m'épousais uniquement à cause de cela. Et après avoir vu ces photos, ils ont bien deviné que tu n'avais pas du tout l'intention d'être un mari fidèle.

Se rendant compte qu'elle tremblait violemment de la tête aux pieds, elle se tut et se força à respirer calmement. Son cœur battait si fort qu'elle le sentait cogner sous ses côtes. Une vague terrible de nausée la submergea tandis qu'elle entendait un bruit assourdissant résonner dans ses oreilles. Soudain, elle sentit des mains fermes se poser sur ses épaules et la forcer à s'asseoir sur le lit.

— Respire à fond… encore.

La voix de Nikos semblait si impatiente que Kitty sentit de nouveau les larmes lui monter aux yeux avant de rouler sur ses joues.

— Si tu continues comme ça, tu vas perdre l'enfant, reprit Nikos d'une voix sauvage.

— Si cela arrivait, tu serais peut-être soulagé, chuchota-t-elle. Et nous pourrions enfin cesser cette comédie absurde.

Après avoir poussé un juron, il se pencha vers elle jusqu'à ce que son visage se trouve à la hauteur du sien.

— Accuse-moi de tout ce que tu voudras, dit-il d'une voix menaçante. Mais jamais de cela. Notre enfant a été conçu par accident, mais *moi*, je ne le regrette pas.

— Je ne le regrette pas non plus, bien sûr, affirma-t-elle rapidement en s'essuyant le visage avec le dos de la main. Et je sais que tu désires cet enfant, mais je sais aussi que c'est la seule raison pour laquelle tu m'as épousée.

Nikos la contempla avec une expression indéchiffrable.

— Tu as failli t'évanouir. Je vais appeler un médecin.

— Ce n'est pas la peine, répliqua Kitty en secouant vigoureusement la tête. J'étais bouleversée, c'est tout.

— A cause de ces photos ? demanda Nikos en baissant les yeux sur le magazine qui était tombé sur le tapis. Je suis surpris que tu lises ce genre de presse.

— Je ne le lis pas. C'est Vasilis qui me l'a donné.

A présent, Kitty se sentait terriblement embarrassée sous le regard scrutateur de Nikos. Elle n'aurait pas dû s'emporter ainsi, songea-t-elle. Si seulement il pouvait s'en aller et la laisser seule.

— Quand je suis allé aux Etats-Unis, j'avais l'intention de voir Shannon, c'est vrai, commença-t-il d'une voix calme. Avant que je ne te rencontre, nous vivions une relation agréable depuis plusieurs mois, elle et moi. Nous menons tous deux des vies très occupées et nous nous retrouvions chaque fois que nous avions la chance de séjourner dans le même pays. A présent, je me devais de lui dire en face que tout était terminé entre nous. Je ne pouvais le faire par téléphone.

En entendant les mots « tout était terminé entre nous », Kitty avait senti son cœur faire un petit bond, mais les photos la hantaient encore.

— Apparemment, toi et Shannon étiez plus que *en face*, répliqua-t-elle d'un ton sarcastique. Vous êtes pratiquement nus et collés l'un à l'autre. Je m'en fiche, tu comprends ? Mais je déteste l'idée que nos invités aient eu pitié de moi en me comparant à Shannon Marsh.

— *Theos*, Kitty, pourquoi as-tu une aussi mauvaise opinion de toi ? s'exclama Nikos avec irritation. Ton corps est superbe et tu as bien vu comment j'ai réagi cette nuit-là dans la grotte ! Si j'avais mieux contrôlé ma libido, nous ne serions pas ici maintenant, au milieu de ce gâchis.

Il ramassa le magazine et l'agita devant ses yeux.

— Ces photos sont *anciennes* ! Elles ont été prises il y a plusieurs mois, un peu après ma rencontre avec Shannon. Quand je suis allé la voir pour lui annoncer que j'allais me marier, nous nous sommes retrouvés à New York. Et certainement pas sur cette plage des Caraïbes que tu peux voir sur ces photos.

— On dirait qu'elles sont récentes, dit faiblement Kitty.

— Bien sûr, ces journaleux savent s'y prendre, et rien ne les empêche d'aller fouiller dans leurs archives et de faire ce qui les arrange. Je vais prendre contact avec mes avocats pour voir si nous pouvons obtenir des excuses de ce magazine. Mais, pour être franc, je préfère ignorer les paparazzi et je te conseille d'en faire autant.

Soudain, Kitty se sentit si fatiguée qu'elle eut du mal à penser correctement. Elle ne pouvait se résoudre à le regarder et quand il s'assit à côté d'elle avant de lui prendre le menton pour lever son visage vers le sien, elle eut un petit sursaut.

— Je t'ai épousée avec l'intention d'être un mari fidèle, affirma-t-il avec un calme et une intensité qui l'ébranlèrent jusqu'au plus profond de son être. Je reconnais que je n'ai pas vécu une vie de moine avant de te connaître mais, à présent, j'accomplirai mon devoir envers toi, et envers notre enfant. Shannon appartient au passé. C'est toi qui représentes le présent, et l'avenir, Kitty.

Lorsqu'il posa doucement la main sur sa cuisse, Kitty eut l'impression de ressentir une brûlure à travers sa jupe. Nikos était incroyablement sexy, avec ses cheveux noirs lui tombant sur le front. Elle résistait difficilement à la tentation de poser la main sur sa poitrine nue et de passer les doigts dans sa toison sombre.

Il voulait lui faire l'amour, elle le voyait à l'éclat féroce qui illuminait son regard, à l'accélération de son souffle.

— Mais... nous ne sommes pas comme les autres couples qui viennent de se marier, avança-t-elle prudemment. Nous l'avons fait uniquement parce que je suis enceinte et je crois que nous devrions attendre avant de...

Sous son regard sardonique, elle sentit son visage s'empourprer.

— ... avant d'avoir des relations.

— Par *relations*, dois-je comprendre que tu parles de sexe ?

— Nous nous connaissons à peine, riposta vivement Kitty en se levant, blessée par son ton moqueur.

— D'accord, mais nous nous connaîtrons bien plus vite en partageant le même lit, dit-il d'une voix tendue.

— En utilisant le verbe *connaître*, je ne pensais pas à cela, répliqua Kitty.

Apparemment, le désir de Nikos se transformait rapidement en colère.

— Dans quelques mois, nous serons parents, reprit-elle. Avant la naissance, nous pourrions certainement passer un peu de temps à essayer d'en savoir davantage l'un sur l'autre ? Il doit y avoir autre chose que le sexe entre nous.

La flamme qui avait chauffé ses yeux s'était maintenant éteinte et ceux-ci étaient devenus froids comme de la glace.

— Eh bien, il n'y a rien d'autre, dit-il d'une voix affreusement dure. C'est une attirance sexuelle qui nous a rapprochés au départ, et l'enfant en est le résultat — c'est le seul lien qui nous unit.

Nikos vit une lueur blessée traverser les yeux de Kitty et, durant une seconde, quelque chose tressaillit dans son cœur, mais il refoula aussitôt cette sensation. Il ne désirait rien savoir sur elle, et il était hors de question qu'il dévoile ses pensées intimes devant cette femme. Au temps où il grandissait dans la rue, il avait appris à ne faire confiance à personne, et cette leçon avait été confirmée par ce qui s'était passé avec son ex-femme.

— Nous savons que nous nous entendons bien sur ce plan, continua-t-il d'un ton détaché, et, pour réussir un mariage, c'est une base aussi valable qu'une autre. Le désir qui a vibré entre nous le soir du bal est toujours aussi puissant.

Comme Kitty secouait vigoureusement la tête, il ajouta :

— Peut-être ceci te convaincra-t-il.

— Nikos…

Mais il se pencha vers elle avant qu'elle n'ait eu le temps de réagir et lui passa un bras autour de la taille. Puis il prit sa bouche en un fougueux baiser. Ses lèvres étaient fermes, dévorant les siennes avec passion, et sa langue vint bientôt caresser la sienne avec détermination.

Il devenait de plus en plus difficile de lui résister. Ecrasée contre sa poitrine, Kitty sentait la chaleur qui émanait de lui, et son parfum viril, fait d'un mélange des senteurs épicées de son eau de toilette et de l'odeur musquée de son corps. Enivrée, elle sentait le désir prendre possession d'elle, de plus en plus fort, de plus en plus impitoyable. Nikos glissa la main sur sa nuque pour approfondir son baiser. Ivre de plaisir, Kitty s'abandonna complètement contre son mari, lui offrant sa bouche sans réserve.

Egarée dans ses caresses, elle sentit à peine qu'il déboutonnait sa veste avant de la faire glisser sur ses bras. Puis elle se retrouva sur le lit, alors qu'il lui avait déjà ôté son soutien-gorge. Quand il referma les mains sur ses seins et caressa doucement ses tétons, elle les sentit durcir immédiatement. Sans plus de retenue, elle se mit à haleter.

Peut-être avait-il raison. Peut-être le sexe était-il un bon début pour construire une relation. A présent, elle était si confuse qu'elle ne savait plus vraiment ce qu'elle voulait. Le désir la faisait fondre, tandis qu'une chaleur moite se répandait entre ses jambes. Renonçant à lutter contre les exigences de son propre corps, elle lui passa les bras autour du cou. Mais au lieu de répondre à son geste, Nikos redressa la tête et la contempla, les yeux étincelants.

— Oui, l'attirance est toujours là, n'est-ce pas, *agape*? demanda-t-il avec un sourire moqueur.

Puis, à sa grande stupeur, il roula sur le côté avant de s'éloigner, la laissant à moitié nue sur le lit. Il revint presque aussitôt avec ce qui ressemblait à des draps.

— Tu en auras besoin si tu veux te faire un lit sur le sofa de ton dressing.

Il s'interrompit en laissant errer ses yeux sur ses joues rougies et ses seins nus avant d'ajouter :

— A moins que tu n'aies déjà changé d'avis, bien sûr.

— Je…

Kitty avait l'impression que sa langue s'était figée dans sa bouche. Malade d'humiliation, elle se sentait pétrifiée.

— Je vois que tu ne sais pas trop ce que tu veux, dit Nikos en riant doucement avant de laisser tomber les draps sur ses genoux.

Puis, sans tenir compte de ses protestations, il la souleva de nouveau dans ses bras.

— Tu sais très bien que je pourrais te faire l'amour toute la nuit et que tu serais consentante, fit-il, avec une telle arrogance que Kitty eut envie de le frapper. Mais je ne veux pas d'une épouse récalcitrante. Je n'ai jamais pris une femme contre son gré et ce n'est pas avec toi que je vais commencer, *agape*.

Une fois arrivé dans le dressing, il la déposa sans cérémonie sur le sofa.

— Quand tu auras admis la vérité… tu sais où me trouver.

— La vérité, c'est-à-dire que je te trouve irrésistible, c'est ça ? répliqua Kitty en rassemblant tout son courage et en serrant les draps contre sa poitrine.

Elle le détestait de toutes ses forces et elle se détestait plus encore, à cause de son impuissance à lui résister.

— Eh bien, tu peux attendre longtemps, poursuivit-elle en le foudroyant du regard.

Pour toute réponse, il lui déposa un bref baiser sur les lèvres — ce qui exacerba encore plus l'irritation, et le désir, de Kitty.

— Je ne crois pas, répliqua-t-il avec assurance. Au fait, le sofa est un convertible, et il est très confortable. Dors bien, Kitty.

Puis il se dirigea vers la porte avant de se retourner une dernière fois pour ajouter avec un sourire moqueur :

— Si tu peux.

9.

Effectivement, le sofa était très confortable. Pourtant, Kitty s'y tourna et retourna presque toute la nuit, luttant contre le désir d'enfouir la tête dans l'oreiller et de pleurer. Non seulement Nikos avait l'art de se maîtriser en toute circonstance, mais il réussissait à la faire se sentir ridicule. En plus, elle ne savait même pas pourquoi elle avait fait toute une histoire et refusé de coucher avec lui.

Kitty finit par s'abandonner à une sorte de somnolence et, quand elle se réveilla un peu plus tard, un beau soleil filtrait à travers les stores.

Après avoir pris son temps pour se doucher et se sécher les cheveux, elle ne parvenait toujours pas à se résoudre à le retrouver. Cependant, bientôt tenaillée par la faim, elle se décida à s'aventurer hors du dressing. Elle le trouva installé sur la terrasse devant le petit déjeuner, en train de lire le journal. Vêtu d'un jean délavé et d'une chemise couleur ivoire qui faisait ressortir son teint hâlé, il était d'une beauté à couper le souffle. A tel point qu'elle dut s'arrêter un instant dans le salon pour contrôler les réactions de son corps.

Quand elle sortit sur la terrasse, Nikos se leva et lui offrit une chaise. Elle s'attendait à une question sarcastique sur sa nuit dans le dressing, et elle savait que ses yeux cernés parlaient pour elle. Mais à son grand soulagement, il ne fit aucun commentaire sur ce qui s'était passé la veille au soir.

— Il y a du café, des fruits, des yaourts, du miel et des petits pains frais, mais si tu veux autre chose, je demanderai à Sotiri de s'en occuper, dit-il pour l'accueillir.

— C'est parfait, murmura Kitty. Mais je ne prendrai pas de café, merci. Je ne peux plus en boire depuis que je suis enceinte.

Nikos fronça les sourcils et se décida à poser la question qui le hantait depuis déjà pas mal de temps.

— Comment te sens-tu par rapport à ce bébé, Kitty ?

— Je ne sais pas, répondit-elle lentement. Pour être franche, je continue à avoir l'impression de rêver et je crois toujours que je vais me réveiller au palais, avec mes seules recherches pour le musée comme préoccupation.

— Tu voudrais rentrer là-bas ?

— Je te mentirais si je te disais le contraire, reconnut-elle. J'ai toujours vécu à Aristos et cela m'a fendu le cœur de partir pour venir m'installer ici. Je connais à peine Athènes ; c'est une très grande ville, très affairée. Je vais probablement me perdre à chaque instant.

Brusquement, Nikos se rendit compte à quel point il avait dû être difficile pour elle de quitter l'île qu'elle adorait.

— Je ferai de mon mieux pour t'aider à t'acclimater à ton nouveau pays, murmura-t-il. Je n'ai pas prévu de lune de miel, mais j'ai pris un peu de congés pour te faire visiter la ville.

Il s'interrompit, conscient que, pour la première fois de sa vie, il se sentait maladroit et ne savait comment se comporter avec une femme. En outre, Kitty n'était pas n'importe quelle femme, elle était son épouse et, dans quelques mois, elle serait aussi la mère de son enfant.

— J'ai réfléchi à ce que tu as dit hier soir, reprit-il tranquillement. Tu as raison. Pour le bien-être de l'enfant, il faut que nous apprenions à nous connaître un peu mieux, et que nous devenions… amis.

Amis ! Kitty ressentit un tremblement involontaire. A dire vrai, elle ne pouvait pas imaginer de relation amicale avec lui. Il était trop impressionnant, trop distant, et beaucoup trop sexy pour cela. Mais pourtant, n'était-ce pas ce qu'elle souhaitait ?

Ne voulait-elle pas essayer d'en savoir plus sur ce qui se cachait derrière le masque de Nikos ?

— Quant à ce sentiment d'irréalité dont tu viens de parler, poursuivit-il, il disparaîtra sans doute quand tu auras consulté l'obstétricien.

Kitty ne dit rien, mais quand elle croisa le regard de Nikos, elle ne put s'empêcher de rougir en pensant à la passion qu'ils avaient partagée dans la grotte, à la source de tous ces bouleversements.

— Qu'aimerais-tu faire aujourd'hui ? Je pourrais te montrer les plus beaux endroits d'Athènes. A moins que tu ne préfères aller faire du shopping ?

— Puisque nous avons décidé d'apprendre à nous connaître, sache que je déteste faire du shopping, dit fermement Kitty. Mais j'aimerais beaucoup explorer Athènes. As-tu toujours vécu ici ?

— Oui. Mais les rues où j'ai grandi ne sont pas faites pour les touristes, et je suis sûr que tu ne désires pas visiter les quartiers misérables d'Athènes.

— Tu n'es pas responsable de l'endroit où tu es né, murmura-t-elle. Et tu dois être fier de ce que tu as accompli par toi-même. Tu es l'un des hommes d'affaires les plus brillants de la planète.

Nikos haussa les épaules mais les paroles de Kitty s'étaient ancrées en lui. Il devrait être fier, probablement, mais jusqu'à présent, il n'avait jamais partagé ses succès avec personne. Grâce à Kitty, il se sentait satisfait de lui, et il se rendit soudain compte que, même si elle était timide et paisible, sa nouvelle épouse était aussi très perspicace.

— Puisque tu ne veux pas aller faire de shopping, où aimerais-tu aller ?

— Au Parthénon, à l'Olympéion, et ensuite, je voudrais aller me promener dans le Jardin national. Tu dois connaître ces endroits par cœur, je suppose ?

— Certainement, *agape*. D'accord, allons jouer les touristes, dit-il en se levant avant de lui tendre la main. Je comprends bien qu'Aristos te manque, mais fais-moi confiance, je vais te montrer qu'Athènes aussi a ses charmes. Tu en tomberas vite amoureuse.

Nikos réussirait-il aussi à la faire tomber amoureuse de lui ? se demanda Kitty trois jours plus tard, tandis qu'ils déambulaient dans le Musée archéologique national d'Athènes. Durant ces deux jours qu'ils venaient de passer ensemble, il s'était montré un guide enthousiaste et lui avait révélé un peu du vrai Nikos Angelaki.

A présent, elle savait qu'il jouait au squash et fréquentait une salle de musculation pour entretenir sa forme ; qu'il aimait les sushis, et qu'il préférait dîner au restaurant avec quelques vieux amis plutôt que de fréquenter les soirées mondaines auquel il était régulièrement invité. Stavros, son chauffeur, et Sotiri, son majordome, lui étaient entièrement dévoués et Kitty était très impressionnée de voir qu'il avait réussi à s'entourer de personnes aussi loyales. Par ailleurs, même si Nikos se trouvait à la tête d'une fortune colossale, il appréciait les choses simples de la vie et elle avait découvert qu'ils partageaient les mêmes goûts en matière de films et de livres, ce qui les avait conduits à de longues et intéressantes discussions. Dans ces moments-là, elle oubliait totalement sa timidité pour bavarder sans retenue avec son mari.

Loin de l'appartement, ils semblaient donc développer cette amitié dont Nikos avait parlé. Mais de retour chez eux, la tension revenait, provoquée par l'attirance sexuelle féroce qui couvait comme un volcan endormi —menaçant d'entrer en éruption à chaque instant.

C'était elle qui avait créé cette situation, Kitty le savait parfaitement. Cependant, elle ne pouvait rejeter son malaise. Elle ne redoutait pas l'intimité physique, mais elle craignait de se donner entièrement à Nikos, de lui offrir ainsi un pouvoir qu'elle ne se sentait pas prête à lui accorder.

— Où allons-nous maintenant ? demanda soudain celui-ci. Veux-tu que nous allions visiter la section réservée aux sculptures, ou préfères-tu aller te reposer ? Tu as l'air fatiguée, aujourd'hui.

Sa voix grave avait résonné dans l'immense hall du musée, ramenant Kitty au présent.

Si elle avait l'air fatiguée, c'était uniquement parce qu'elle avait passé la nuit à fantasmer à son sujet. A s'imaginer qu'il lui faisait l'amour, encore et encore, jusqu'à ce qu'ils s'endorment tous deux à l'aube, repus et heureux…

Sous le regard perçant de Nikos, elle se sentit rougir.

— J'aimerais continuer, dit-elle. Ne trouves-tu pas incroyable de penser que certaines de ces œuvres datent du septième siècle avant Jésus-Christ ?

— Je suis heureux que tu sois fascinée par quelque chose à Athènes, *agape*.

Voyant sa femme rougir de nouveau, Nikos ressentit un mélange d'amusement et d'impatience. Elle le regardait avec d'immenses yeux craintifs, lui faisant de nouveau penser à un daim nerveux prêt à s'enfuir s'il s'approchait trop près de lui.

Lorsqu'elle avait refusé de partager son lit, il avait d'abord pensé qu'elle jouait à l'un de ses petits jeux. En se faisant désirer, sans doute espérait-elle obtenir quelque chose en échange — comme tant d'autres femmes —, avait-il songé. Mais au cours des journées qu'ils avaient passées ensemble, il avait compris que sa femme était *différente* et il était de plus en plus persuadé que sa nature douce et timide n'était pas une comédie.

— Si tu t'ennuies, nous pourrions nous en aller. Je reviendrai plus tard, dit-elle avec inquiétude.

— Pas du tout, *agape*. Tes connaissances sont stupéfiantes et tu es un guide beaucoup plus intéressant qu'un manuel.

Nikos se rendit compte avec surprise qu'il était sincère. Il adorait leurs conversations, et entendre Kitty lui parler de ses recherches au musée d'Histoire d'Aristos le ravissait. Elle était incroyablement intelligente et il était fasciné par la passion qu'elle éprouvait pour son travail.

Ses ex-maîtresses avaient toujours été des mannequins, des stars ou des femmes du monde avec lesquelles il ne parlait pas beaucoup. Elles étaient avant tout préoccupées par elles-mêmes, songea-t-il en se disant de nouveau que Kitty était totalement différente de ces créatures superficielles. Mais pourquoi se refusait-elle à lui ? Il savait qu'elle le désirait, et que comme lui, elle n'avait pas beaucoup dormi au cours des dernières nuits. Cependant, il était fermement décidé à attendre qu'elle le lui fasse comprendre.

— En fait, je voudrais te montrer quelque chose, lui dit-elle alors qu'ils entraient dans l'une des salles du musée. C'est une petite figurine qui date d'environ quatre cent cinquante ans avant Jésus-Christ, et qui a été trouvée il y a vingt ans à Aristos, près de Varna. Je me souviens que tu m'as dit que la famille de ta mère venait de ce petit village. Tu dois avoir envie de voir un fragment de ton héritage.

— Mon héritage ? répéta Nikos en fronçant les sourcils. Je n'ai jamais connu ma famille. Mes grands-parents ont rompu tout contact avec ma mère quand elle est tombée enceinte.

— Mais tu as quand même des racines à Aristos, insista Kitty. Ce serait peut-être intéressant de reformer l'arbre généalogique de ta famille. Mes ancêtres sont identifiables depuis des générations mais, un jour, notre enfant pourrait désirer connaître l'autre branche de sa famille.

— Tu n'iras pas loin du côté de mon père. Et ma mère a emporté son nom dans sa tombe, fit Nikos d'une voix dure.

— Ce doit être étrange, répliqua doucement Kitty. Tu dois avoir l'impression qu'il te manque une part de toi-même…

Puis elle s'éloigna vers une autre figurine. Nikos la regarda d'un air songeur. Elle était presque *trop* perspicace. Ne pas connaître l'identité de son père l'avait toujours tenaillé et Kitty avait touché juste en devinant qu'il se sentait privé d'une part de lui-même. Mais cela l'agaçait que sa femme ait deviné que le fait d'avoir un enfant représentait tant pour lui.

— Je crois que tu ne vas pas aimer l'endroit où je vais t'emmener maintenant, dit Nikos en remontant dans la limousine une heure plus tard. Mais nous devons absolument nous occuper de ta garde-robe, *agape*…

Durant les heures suivantes, Kitty suivit son mari dans les boutiques de luxe, tandis que celui-ci lui désignait des tenues dont elle pressentait que les couleurs vives et le style supersexy ne lui iraient pas du tout.

— Essaie-les, lui ordonna soudain Nikos.

Voyant la lueur d'acier qui scintillait au fond de ses yeux, Kitty songea nerveusement qu'elle ne pouvait plus se dérober.

La vendeuse en chef l'entraîna dans un salon privé afin qu'elle puisse se changer en toute quiétude. Mais lorsque Kitty sortit de la cabine confortable vêtue d'une robe ultramoulante au décolleté vertigineux, elle s'immobilisa brusquement en voyant Nikos, installé sur un sofa recouvert de soie rose framboise.

— Que fais-tu ici ? demanda-t-elle d'une voix étouffée.

— Je vais te donner mon avis sur ces différentes toilettes, répondit-il d'un ton insouciant.

Tout en parlant, il avait laissé errer son regard sur sa silhouette, s'arrêtant longuement sur ses seins qui menaçaient de jaillir de la robe ajustée. Horrifiée, Kitty sentit ses tétons se durcir malgré elle.

— Très jolie, murmura-t-il.

Il contempla les courbes si féminines de son épouse. Il sentait un désir impitoyable le parcourir tandis qu'il s'imaginait en train de délacer les rubans qui maintenaient le devant de la robe, avant de libérer ses seins magnifiques.

— Nous prendrons celle-ci, sans aucun doute, dit-il à l'intention de la vendeuse, tout en continuant à déshabiller Kitty du regard. Essaie la suivante.

Quand ils quittèrent la boutique, suivis de trois employés portant une quantité incroyable de paquets, Kitty était absolument hors d'elle.

— J'espère que tu t'es bien amusé à m'humilier, murmura-t-elle tandis qu'ils se dirigeaient vers la limousine.

— Comment cela, t'humilier ? répliqua Nikos, irrité.

— En me faisant essayer toutes ces choses et en me demandant de parader devant toi comme si tu étais mon propriétaire. Aucune de ces toilettes ne me va, c'est vraiment du gaspillage !

— Oh, si, *agape*…, dit-il en lui passant un bras protecteur autour des épaules au moment où quelqu'un la bousculait. Tu porteras même la robe rouge ce soir, car nous sommes invités à une soirée de bienfaisance, organisée par l'un des organismes caritatifs dont je suis membre donateur. Tous les regards seront tournés vers toi.

Terrifiée par cette perspective, Kitty s'installa sur le siège en cuir de la limousine sans dire un mot. Elle regrettait la tranquillité du palais et la liberté dont elle avait joui sur Aristos. Bien sûr, elle avait dû remplir ses devoirs royaux, mais assister à l'ouverture d'une nouvelle aile de l'hôpital, comme elle l'avait fait récemment, lui avait semblé une chose normale. Alors qu'elle pressentait que cette soirée caritative allait être affreusement mondaine et qu'elle serait la cible de tous les regards…

Dès qu'ils eurent franchi le seuil de l'appartement, Sotiri les accueillis avec le sourire.

— Des malles sont arrivées d'Aristos pour vous, madame Kitty, dit-il en ouvrant les portes du salon où quatre énormes malles avaient été déposées.

— Mes livres… !

D'un seul coup, Kitty oublia l'épreuve qu'elle venait de traverser et se précipita vers ses chers trésors.

— *Theos !* Ces malles sont-elles vraiment toutes remplies de livres ? s'exclama Nikos en fronçant les sourcils. Où vas-tu les mettre ? L'appartement est grand, mais pas assez pour héberger une bibliothèque royale.

— J'en ai besoin pour mes recherches, dit obstinément Kitty.

— Eh bien, je vais demander à Sotiri de porter ces malles dans l'une des chambres inoccupées. Nous pourrons sans doute la transformer en bureau si tu comptes continuer à travailler.

Mais je doute que tu aies beaucoup de temps à consacrer à tes recherches.

— Je tiens absolument à continuer à écrire mon livre sur l'Histoire des îles d'Adamas, et j'aimerais poursuivre mon travail pour le musée d'Aristos — au moins jusqu'à la naissance du bébé, dit lentement Kitty. De toute façon, si tu passes toutes tes journées au bureau, que ferai-je de mon côté ?

— Je pensais que tu voudrais t'investir dans les œuvres caritatives. A ce propos, je vais demander à l'une de mes amies de te contacter. Elle s'appelle Melina Demakis.

Kitty se sentit profondément dépitée à l'idée de passer tout son temps avec des femmes fortunées, même si elles étaient sans doute bien intentionnées. Elle voulait faire autre chose de sa vie, songea-t-elle tristement.

— J'avais songé que je pourrais peut-être travailler bénévolement à l'hôpital. Par exemple aller voir des patients, ou travailler quelques heures à la cafétéria, comme je le faisais à l'hôpital d'Aristos.

— Ton frère Sebastian m'a raconté que tu avais été agressée par un patient atteint de maladie mentale, répliqua Nikos en plissant le front d'un air réprobateur. Et qu'ensuite, le roi t'avait interdit d'y retourner.

— Ce n'était vraiment pas grave, protesta vivement Kitty. Le patient a eu un geste brutal envers moi et il m'a effleuré la joue, mais il ne savait pas ce qu'il faisait, le pauvre. Mon père a toujours été très protecteur envers moi.

— Comme moi. Tu es enceinte, Kitty, et je ne te permettrai pas de mettre ta vie en danger, ni celle de notre enfant.

— Ce n'est absolument pas mon intention, riposta-t-elle aussitôt. Mais que veux-tu dire exactement ? Depuis quand décides-tu de ce que je peux faire ou pas ?

— Depuis que tu es devenue ma femme — ou, plus précisément, depuis que je sais que tu portes mon enfant, répondit-il d'un ton péremptoire.

Après avoir consulté sa montre, il ajouta :

— Je dois aller travailler une petite heure dans mon bureau.

Je te propose d'en profiter pour commencer à te préparer pour la soirée. D'après mon expérience, les femmes ont besoin d'un certain temps pour être prêtes.

Puis il disparut dans le hall. Furieuse contre lui et son arrogance, elle se retint de lui courir après pour lui dire ce qu'elle pensait de son comportement. Réprimant sa fureur, elle se dirigea vers son dressing. Un bain relaxant lui ferait le plus grand bien...

Une heure plus tard, elle se contempla d'un air consterné dans le miroir. La robe de soirée couleur rubis avait un bustier sans bretelles, très ajusté, et une jupe encore plus ajustée qui moulait ses hanches et ses fesses. A mi-cuisse s'ouvrait une fente qui lui permettait de marcher. C'était la robe la plus audacieuse et la plus sexy qu'elle eût jamais vue — et encore moins portée. Elle se détourna du miroir en se sentant horriblement mal à l'aise. Tout le monde allait la regarder, et c'était bien la dernière chose qu'elle souhaitait.

Bien déterminée à ne pas s'exhiber ainsi, elle posa une main déterminée sur la fermeture Eclair.

— Cette robe te va vraiment à ravir, dit alors la voix grave et profonde de Nikos qui venait d'apparaître dans l'encadrement de la porte. Tu es éblouissante.

Il se contentait d'être poli, songea Kitty en serrant les poings d'impuissance. Il pensait sans doute au contraire que ses hanches étaient trop larges et regrettait d'avoir insisté pour qu'elle porte cette robe.

— Ce n'est vraiment pas mon style, murmura-t-elle avec embarras, en sentant ses yeux glisser sur elle et s'attarder sur ses seins épanouis. Nikos... Je préférerais porter l'une des autres robes que nous avons achetées aujourd'hui.

— Ne sois pas ridicule, répliqua-t-il d'un ton agacé. Et cesse de regarder tes pieds.

Après l'avoir fait pivoter sur elle-même, il lui prit le menton.

— Une robe comme celle-ci doit être portée avec assurance.

Puis il sortit une petite boîte en cuir violet de sa poche et l'ouvrit. Kitty découvrit alors un rubis étincelant suspendu à une chaîne en or.

— Il ira parfaitement avec ta tenue, fit-il en le posant autour de son cou avant de s'occuper du fermoir.

Ses mains étaient douces et chaudes, et Kitty frissonna quand il la fit se retourner pour qu'elle se voie dans le miroir. Quand son regard croisa le sien, elle sentit le désir vibrer entre eux. Lorsqu'il se pencha lentement avant d'effleurer son cou de ses lèvres, elle retint sa respiration.

— Il est temps d'y aller, Kitty *mou*, dit-il d'une voix rauque.

Sentant son souffle tiède lui caresser la peau, elle tressaillit jusqu'au plus profond d'elle-même.

— Aie pitié de moi, ce soir, murmura-t-il avec un sourire légèrement ironique. Chaque fois que je vais te regarder, je m'imaginerai que tu ne portes que ce collier.

Kitty dut faire un effort terrible pour ne pas succomber au désir farouche qui illuminait son regard.

— Tu ne devrais pas dire des choses pareilles, dit-elle d'une voix faible.

— Pourquoi m'en priverais-je, puisque c'est la vérité ? répliqua-t-il en haussant les épaules. Et ce fantasme ne va pas tarder à devenir réel. Car ma patience a des limites, *agape*.

Puis il se détourna et quitta le dressing, la laissant seule, bouleversée.

10.

La soirée se tenait dans un hôtel hyper luxueux situé au centre d'Athènes. Quand la limousine s'arrêta devant l'escalier, Kitty fut aveuglée par les flashes des photographes. Sa tension devait être palpable car Nikos se pencha vers elle en fronçant les sourcils.

— Détends-toi, *agape*. On dirait que tu vas être jetée dans la cage aux lions, alors que tu es l'invitée d'honneur de cette manifestation.

— Je préférerais encore les lions, murmura Kitty.

— Tu ne t'en fais quand même pas encore pour cette robe ? demanda Nikos avec un brin d'irritation. Je t'ai dit que tu étais ravissante ; les gens n'auront d'yeux que pour toi.

— Je ne veux pas qu'on me remarque. J'ai toujours été nulle en matière de mondanités, avoua-t-elle misérablement.

— Mais tu as pourtant dû assister régulièrement à des soirées au palais ?

— Oui, mais je n'ai jamais aimé cela. Alors que Liss était toujours prête à sortir. Elle savait se comporter en société, en toutes circonstances. Moi, je ne savais jamais quoi dire aux gens. Je crois que tu vas être très déçu, Nikos...

— Je ne me rendais pas compte que c'était une telle épreuve pour toi, murmura Nikos, surpris par ces révélations. Mais je te rassure tout de suite — tu ne me décevras pas, Kitty. Et je serai sans cesse à tes côtés pour te présenter aux invités. As-tu jamais pensé qu'eux aussi pouvaient se sentir nerveux à l'idée de faire ta connaissance ?

— Pourquoi se sentiraient-ils nerveux à cause de moi ? répliqua-t-elle, complètement éberluée à cette idée.

— Parce que tu es une princesse. Beaucoup se sentent intimidés devant ton rang, sans parler du fait que tu es très intelligente et très cultivée. Penses-y, murmura-t-il au moment où Stavros ouvrait la portière.

Kitty était si stupéfaite à la pensée que les gens puissent se trouver intimidés par elle, qu'elle remarqua à peine la horde de journalistes qui les entouraient. Et quand Nikos lui passa le bras autour de la taille avant de se pencher vers elle pour l'embrasser à pleine bouche, elle poussa un petit cri étouffé. Ses lèvres étaient si chaudes… Les sensations qui la parcouraient étaient si exquises que, lorsqu'il interrompit son baiser, elle se sentit affreusement désorientée pendant quelques instants.

— Pourquoi as-tu fait cela ? murmura-t-elle alors qu'il lui prenait la main avant de monter l'escalier recouvert d'un tapis rouge.

— Nous sommes de jeunes mariés, Kitty *mou*, lui rappela-t-il, les yeux brillant d'amusement et d'une autre émotion qui creusa le ventre de Kitty. Je pensais qu'il était temps de donner un peu de matière aux paparazzi.

Dès qu'ils pénétrèrent dans l'immense salle de réception, ils devinrent le centre de l'attention générale. Tous contemplaient le milliardaire célèbre et sa princesse. Regardant les femmes qui les entouraient et voyant leurs toilettes somptueuses et leurs bijoux étincelants, Kitty reconnut qu'avec sa petite robe noire, elle aurait fait triste mine.

Heureusement, Nikos tenait sa promesse et restait à ses côtés. Il passait d'un groupe d'invités à un autre avec une aisance que lui enviait Kitty. Elle constatait avec reconnaissance qu'après l'avoir présentée, il se mettait à bavarder sur des sujets qui l'intéressaient, afin qu'elle puisse participer aux conversations.

A son grand étonnement, elle se rendit également compte que Nikos avait eu raison. En effet, de nombreuses personnes semblaient mal à l'aise en présence d'une princesse et ne savaient pas comment s'adresser à elle.

Désireuse de les rassurer, elle oublia sa timidité et se mit à causer avec elles, si bien qu'elle découvrit bientôt avec surprise qu'elle prenait beaucoup de plaisir à cette soirée.

Voyant qu'elle avait gagné en assurance, Nikos l'avait quittée quelques instants pour aller bavarder avec l'un de ses associés, mais Kitty ne resta pas seule longtemps.

— Princesse Katarina ? Permettez-moi de me présenter : Darius Christakis. Je suis maître de conférences à l'université d'Athènes.

A plusieurs reprises au cours de la soirée, elle avait remarqué que cet homme la regardait. A présent, il lui tendait la main. Kitty la lui prit en souriant.

— Enchantée, monsieur Christakis.

Il était très beau, songea-t-elle, et il attirait les regards intéressés de nombreuses femmes présentes aux alentours. Mais, visiblement fasciné par elle, il semblait ne pas en être conscient. Kitty constata même avec surprise qu'une légère rougeur montait aux joues de son interlocuteur.

— Darius, je vous en prie.

— Eh bien, appelez-moi Kitty, murmura-t-elle pour le mettre à l'aise. Les titres royaux sont bien embarrassants, vous ne trouvez pas ?

— A vrai dire, je vous trouve stupéfiante, répliqua le jeune homme en rougissant encore davantage. J'ai beaucoup apprécié votre article sur « Les Croisades au cours du douzième siècle et leurs conséquences sur la Grèce et les îles environnantes ».

Darius lui sourit d'un air penaud.

— Je dois vous avouer que je vous imaginais comme une universitaire austère portant des lunettes et une jupe en tweed, alors que vous êtes superbe — si vous me permettez de vous le dire, ajouta-t-il en se passant nerveusement une main dans les cheveux.

— Je vous le permets, dit Kitty en riant.

Si cet homme avait su que quelques semaines plus tôt, elle

avait effectivement eu une allure *très* austère, plus intéressée par ses livres que par son look... Mais devant l'admiration non déguisée qu'elle lisait dans les yeux de Darius, elle se sentit soudain reconnaissante envers Nikos de l'avoir apparemment transformée en une créature séduisante.

— Je me demandais si vous accepteriez de venir faire une conférence à l'université en tant qu'invitée ? reprit Darius. Votre travail au musée d'Aristos est bien connu et mes étudiants seraient ravis de vous rencontrer.

A l'idée de parler en public, Kitty s'était aussitôt sentie terrorisée. Mais elle s'exprimerait à propos d'un sujet dont elle était spécialiste, se raisonna-t-elle. En outre, elle serait ravie de visiter l'université d'Athènes. Envahie par une soudaine vague d'assurance, elle hocha la tête.

— J'en serais très honorée.

— Formidable ! s'exclama Darius en souriant. Nous pourrions peut-être nous rencontrer prochainement pour mettre votre venue au point ?

— Je crains que ma femme ne puisse s'engager à la légère.

Sans que Kitty ne s'en soit rendu compte, Nikos s'était approché d'eux. Il lui passa un bras autour de la taille en un geste possessif, tout en regardant le jeune maître de conférences d'un air hostile. Seigneur, il la serrait si fort qu'elle pouvait à peine respirer.

— Nikos, je te présente Darius Christakis, commença-t-elle pour essayer de détendre l'atmosphère.

— Je crois que vos amis vous attendent, monsieur Christakis, fit Nikos d'une voix dangereusement douce. Vous feriez bien d'aller les rejoindre.

— Vous avez raison, répliqua Darius en s'écartant aussitôt, après avoir adressé un bref sourire nerveux à Kitty.

— Tu viens de te montrer incroyablement brutal et impoli, protesta-t-elle avec colère dès que le jeune universitaire se trouva hors de portée. Il voulait seulement me parler d'un article que j'ai écrit.

— Il mourait d'envie de s'aventurer dans ton décolleté, *agape*, répliqua Nikos d'un ton sardonique, les yeux étincelants. J'ai bien remarqué la façon dont il te regarde depuis le début de la soirée.

— C'est stupide…

Kitty s'interrompit et rougit en se souvenant des compliments de Darius.

— De toute façon, c'est toi qui as insisté pour que je porte cette robe, enchaîna-t-elle vivement.

— Eh bien, je le regrette, murmura Nikos en l'entraînant sur la piste de danse avant de l'attirer dans ses bras. Tu captives trop les regards masculins et j'ai découvert ce soir que j'étais très possessif. Dorénavant, tu porteras des robes beiges très larges, pour dissimuler ton corps ravissant à tout le monde — sauf à moi.

Il se moquait d'elle, évidemment, songea Kitty. Mais quand elle croisa son regard, elle comprit que, concernant sa possessivité, il avait parlé sérieusement.

— Serais-tu… jaloux, Nikos ? murmura-t-elle, surprise de sa propre audace et se sentant rougir.

Alors qu'elle s'attendait à ce qu'il réponde négativement à sa question, il la serra plus fort, si bien qu'elle sentit la fermeté de son érection s'appuyer contre son pubis.

— Ce n'est pas une émotion qui m'est familière, Kitty *mou*, murmura-t-il d'une voix douce. Mais si tu regardes un autre homme avant que nous partions d'ici, je te montrerai devant tout le monde à quel point je suis possessif — et à quel point je suis impatient de faire l'amour à ma femme.

— Nikos ! protesta Kitty.

Un mélange d'embarras et d'excitation s'était emparé d'elle. Cela faisait quelques jours qu'elle aussi tentait de résister à un désir féroce. Lorsqu'elle osa enfin lever les yeux vers lui, l'éclat sauvage qui luisait dans son regard sombre la fit frissonner de la tête aux pieds.

Tandis qu'ils évoluaient au rythme d'une musique langoureuse, Kitty sentait une marée incandescente déferler en elle. Leurs corps semblaient vibrer à l'unisson, comme s'ils attendaient ce moment depuis… Depuis qu'elle s'était enfuie de la grotte ?

— Ce soir ta beauté et ton comportement m'ont coupé le souffle, ma belle lady en rouge, lui murmura Nikos à l'oreille.

Sa voix s'enroulait en elle, déployant des myriades de sensations plus exquises les unes que les autres. Lorsque Nikos glissa une main dans ses cheveux avant de soulever son visage vers le sien, elle ferma les yeux. Lentement, il se mit alors à l'embrasser, en un baiser qui acheva d'enflammer tous ses sens.

Les autres invités avaient disparu. La musique semblait incroyablement distante. Rien n'existait plus que Nikos, la force de ses bras la tenant étroitement embrassée, les caresses langoureuses de sa bouche et de sa langue. Kitty lui répondait sans réserves, oubliant ses craintes et ses appréhensions devant le feu qui la consumait tout entière.

— Il est temps de rentrer, dit-il après s'être soudain écarté de ses lèvres.

Puis il l'entraîna d'une main ferme vers les larges portes.

Dans l'ascenseur qui s'élevait en silence vers le dernier étage, Kitty se sentait en proie à une masse confuse d'émotions. Elle n'osait toujours pas lever les yeux vers Nikos, mais elle savait qu'il la contemplait avec la même intensité que lorsqu'ils avaient dansé. Le désir vibrait entre eux avec une force incroyable et quand les portes de l'ascenseur s'ouvrirent, il la prit dans ses bras comme si elle ne pesait rien du tout.

— Que fais-tu ? murmura-t-elle en s'accrochant à lui et en se décidant enfin à le regarder.

— Ce que je voulais faire le premier jour où nous sommes arrivés ici, le soir de notre mariage, dit-il en se dirigeant vers la chambre.

Là, les stores avaient été baissés, si bien que la pièce baignait dans une douce lumière rose orangé provenant des lampes de chevet.

— Et ce que nous désirons tous deux *maintenant*, continua-t-il en la déposant sur ses pieds. Ton corps ne sait pas mentir, *agape*. Je veux que tu sois ma femme, dans tous les sens du terme, Kitty, reprit-il en lui caressant la joue. Je veux retrouver la passion que nous avons partagée dans cette grotte, et je te défie de dire que tu ne le désires pas toi aussi.

Il remarqua la façon dont ses pupilles s'étaient dilatées et le pouls qui battait frénétiquement à la base de son cou.

— Ton corps t'a déjà trahie, *agape*, reprit-il tandis qu'elle restait silencieuse.

Mais lorsqu'il baissa les yeux sur ses tétons qui bourgeon-naient sous la soie rouge, elle suivit son regard. Puis, quand il referma doucement les mains sur ses seins avant d'en caresser les pointes durcies, elle se mit à soupirer.

Sa robe était soudain insupportable, subitement trop étroite. Elle mourait d'envie de sentir les mains de Nikos sur sa peau nue. A présent, le désir se répandait en elle comme une coulée de lave brûlante contre laquelle elle ne pouvait plus rien.

Mais comment pouvait-elle le lui dire ? Comment lui exprimer qu'elle était prête à devenir sa femme ? Tout à coup, il lui sembla plus facile d'agir que de parler.

Sans cesser de le regarder dans les yeux, elle passa les mains derrière son dos et fit descendre la fermeture Eclair de sa robe jusqu'à la taille. Tout d'abord, il ne réagit pas, puis il posa sa bouche sur son cou avant de la laisser glisser sur sa gorge, en baiser de pure possession bien plus explicite que toute parole.

Sous le bustier ajusté, Kitty ne portait pas de soutien-gorge. Quand Nikos tira la soie vers le bas, ses seins jaillirent comme des pêches mûres. Il les prit dans ses mains en sentant sa virilité réagir impitoyablement.

Il sentait que Kitty était encore un peu incertaine, mais il avait compris que, s'il agissait lentement, elle ne résisterait pas au désir qui la faisait ployer dans ses bras.

Doucement, il fit glisser sa robe sur ses hanches jusqu'à ce qu'elle tombe sur le sol en un doux bruissement. Quand il passa les doigts sous la fine dentelle noire de sa culotte pour la faire glisser sur ses cuisses, il la sentit tressaillir violemment. A présent, elle était entièrement nue. Juste pour lui.

Quand il lui avait fait l'amour la première fois, son corps était resté à moitié dans l'ombre. Mais maintenant, il était exposé dans toute sa somptuosité et Nikos pouvait se repaître de sa vue. Quand elle posa soudain ses mains sur ses seins en un geste effarouché, il les lui prit doucement.

— Pourquoi veux-tu te cacher, Kitty ? chuchota-t-il. Tu es si belle… Je n'ai jamais désiré une femme autant que toi.

Elle trembla à ces mots et le regarda se déshabiller rapidement. Sa chemise rejoignit bientôt son pantalon sur le sol, laissait apparaître son torse puissant. Son caleçon de soie ne suffisait pas à dissimuler son érection puissante et lorsqu'il l'ôta lestement, elle ne put s'empêcher de laisser échapper un petit halètement.

Mais il s'approcha aussitôt d'elle et la prit dans ses bras, avant de prendre possession de sa bouche avec passion. Le contact de son corps nu contre le sien acheva de détruire toutes les résistantes de Kitty. A présent, elle brûlait littéralement, ne désirant plus qu'une chose — qu'il vienne apaiser le feu qui la consumait entre ses jambes.

S'écartant un instant de son visage, il poussa un gémissement rauque et la souleva avant d'aller la déposer sur le lit. Puis il s'allongea à côté d'elle en posant une cuisse sur sa hanche, comme s'il craignait qu'elle ne lui échappe.

— Tu as des seins magnifiques, Kitty *mou*.

Cette fois, il n'y avait plus trace de moquerie dans sa voix, mais seulement un désir brut et passionné. Et quand il laissa errer ses lèvres sur sa poitrine, Kitty fut emportée par une vague de plaisir. La sensation de sa langue sur ses mamelons épanouis devint si exquise qu'elle cria, tout en enfonçant les mains dans ses cheveux épais pour le maintenir contre elle.

Son rire léger lui caressa la peau et, lorsqu'il prit chaque téton tour à tour dans sa bouche pour l'aspirer goulûment, elle se mit à bouger les hanches avec impatience en sentant une marée tiède se répandre entre ses jambes.

— Nikos…, murmura-t-elle.

Les dernières ombres qui obscurcissaient son désir avaient disparu à présent, et quand il glissa la main entre ses cuisses, elle retint son souffle. Tout son être semblait rassemblé dans l'attente de caresses plus intimes. Et lorsqu'il s'aventura dans les plis secrets de sa féminité, elle laissa échapper un long gémissement.

Son doigt s'immisçait de plus en plus loin, en des caresses de plus en plus audacieuses, si bien qu'égarée dans son plaisir, elle écarta un peu plus les jambes afin qu'il puisse continuer ce jeu érotique absolument divin.

Soudain, il lui prit la main et la posa sur son membre chaud et ferme. Surprise et choquée, elle tressaillit violemment. Il était si dur, si puissant, songea-t-elle en s'enhardissant peu à peu. Et sa peau était si douce…

A cet instant, Nikos s'installa au-dessus d'elle et, sans plus attendre, entra en elle en un vigoureux coup de reins.

Durant un instant, il s'immobilisa et la regarda, ses yeux incandescents dévorant les siens. Puis il commença à bouger en elle, en de longues poussées, établissant un rythme délicieux qui fit naître en Kitty des sensations qu'elle n'aurait jamais crues possibles.

C'était encore plus merveilleux que la première fois, songea-t-elle en s'abandonnant aux vagues de volupté qui déferlaient dans son corps. Elle sentait le plaisir se déployer en une sorte de spirale qui l'entraînait inexorablement vers l'extase.

Elle avait l'impression de perdre toute emprise sur le réel, de perdre toute sensation du monde extérieur, tandis que le plaisir montait, montait… Elle s'accrocha aux épaules de Nikos et s'abandonna à la houle qui l'emporta soudain, oubliant tout, sauf le plaisir divin qui l'entraînait dans un univers dont elle ignorait tout.

Durant un moment qui lui sembla hors du temps, elle se sentit suspendue dans une sorte de vide exquis. Nikos se retira alors presque entièrement, avant de s'enfoncer en elle avec une vigueur qui lui arracha un cri. Des spasmes d'une intensité inouïe ébranlèrent alors Kitty au moment où elle sentait Nikos répandre sa semence en elle en poussant une longue plainte rauque.

Quelques secondes plus tard, il s'effondra sur elle avant de s'écarter aussitôt pour s'allonger à ses côtés.

— Je ne voudrais surtout pas t'écraser, *agape mou*, murmura-t-il en se tourner vers elle avant de poser sa tête entre ses seins.

Kitty referma les bras autour de ses épaules, envahie par la même sensation que celle qui l'avait submergée dans la grotte, après qu'ils eurent fait l'amour. Elle sentait leurs âmes unies, de façon inextricable.

C'était bien sûr une illusion, se dit-elle fermement. Pour Nikos, il ne s'agissait que de sexe. Cette impression fut d'ailleurs bientôt renforcée par le fait que celui-ci roula de nouveau sur le dos et passa les bras sous sa tête en regardant le plafond. On aurait dit un sultan qui venait de profiter des services de sa concubine favorite, songea-t-elle avec un petit pincement au cœur.

— Tu vois, *agape*, murmura-t-il paresseusement. Nous n'avons pas à nous inquiéter sur notre bonne entente sexuelle.

Nikos poussa un soupir et attendit que les battements de son cœur se calment, tout en se demandant pourquoi il avait eu tant de mal à s'écarter d'elle. Il aurait voulu rester là indéfiniment, la tête posée entre ses seins.

Mais cette sensation de quiétude, de bien-être délicieux était irréelle, s'assura-t-il. Ce n'était qu'une bonne séance de sexe. De sexe *fantastique*, il devait l'avouer. Bien meilleur que tout ce qu'il avait vécu depuis longtemps. Peut-être même depuis toujours, songea-t-il. Ce qui ne signifiait rien, corrigea-t-il aussitôt. Il avait épousé Kitty parce qu'elle portait son enfant, un point c'est tout. Et ma foi, si leurs étreintes étaient aussi agréables, cela constituait un bonus supplémentaire…

Kitty ressentit le besoin impérieux de s'isoler. Elle aurait aimé se lover contre Nikos et poser la tête sur sa poitrine, bien sûr, mais elle sentait un fossé terrible les séparer. Il semblait soudain très lointain, perdu dans ses pensées… Quand elle voulut se redresser pour quitter le lit, Nikos lui passa un bras autour de la taille.

114

— Où vas-tu ?

— Dormir dans ma chambre.

Nikos la regarda avec attention. Pourquoi semblait-elle de nouveau si nerveuse, bon sang ?

— Tu ne peux plus t'échapper maintenant, *agape*. Tu es à moi et, à partir de ce soir, tu dormiras dans ce lit.

Puis il l'attira doucement en murmurant :

— D'autre part, j'ai l'intention de te faire l'amour plusieurs fois cette nuit, alors… pas question que tu t'en ailles…

— Plusieurs fois ? répéta faiblement Kitty qui avait senti une vague de désir impitoyable déferler en elle à ces paroles.

— Tout à fait, Kitty *mou*, et je commence tout de suite.

Regardant leur reflet dans l'immense miroir qui couvrait le mur, elle vit la tête brune de Nikos se pencher sur ses seins. Et lorsqu'il se mit à lécher un téton avant de l'aspirer dans sa bouche, elle poussa un gémissement d'une sensualité qui la surprit elle-même.

Au même instant, elle remarqua pour la première fois le tatouage sur son épaule. Il représentait un scorpion.

— Qu'est-ce que c'est ? demanda-t-elle en se souvenant tout à coup des paroles de Vasilis.

Après avoir redressé la tête, il suivit son regard dans le miroir et Kitty vit son visage se durcir.

— Un souvenir de mon passé. C'est l'insigne du gang des rues auquel j'ai appartenu quand j'étais jeune. Stavros et Sotiri en faisaient partie eux aussi, et nous nous faisions de l'argent en participant à des combats de boxe à main nue, dans les arrières salles de boîtes de nuit, ou de cabarets.

— Mon Dieu ! s'exclama Kitty, horriblement choquée. Quel âge avais-tu ?

— Quinze ans, répondit-il en haussant les épaules. Mais comme j'étais plus grand que la plupart de mes adversaires, les requins qui organisaient les combats se fichaient pas mal que je sois mineur.

— Tu veux dire que tu te battais avec des hommes, alors que tu n'étais qu'un adolescent ?

Elle devait avoir l'air si horrifiée que Nikos sourit.

— Mon passé n'est pas joli joli, *agape*. J'ai eu une jeunesse dure, mais notre enfant n'aura pas besoin de se battre pour survivre, affirma-t-il farouchement.

Tout en parlant, il avait posé la main sur son ventre, comme pour protéger la vie que Kitty portait en elle.

— Et même si ma mère n'avait pas toujours assez d'argent pour le loyer et que nous nous sommes retrouvés plusieurs fois sur le trottoir, je n'ai jamais douté de son amour pour moi.

Il s'interrompit soudain. Diable, il n'avait jamais raconté ces choses à quiconque. Pourquoi ressentait-il soudain le besoin de se décharger de ces souvenirs auprès d'elle ? Elle le contemplait avec ses yeux bruns emplis de douceur, sans faire de commentaire, se contentant d'attendre patiemment qu'il continue.

— Plus que tout, ma mère redoutait que je sombre dans la délinquance, reprit-il d'une voix sombre. Mais alors que j'avais seize ans, on lui a proposé une place de gouvernante chez Larissa Petridis, qui a accepté que je vienne vivre avec ma mère dans l'un des logements réservés au personnel. Stamos Petridis était mort quelques années plus tôt en laissant sa compagnie à sa fille unique. Celle-ci ne s'était jamais mariée et n'avait pas d'enfant, mais elle s'est intéressée à moi. Elle a proposé de financer ma scolarité et, bien que cela ait heurté ma fierté, j'ai accepté, sachant que si j'obtenais un diplôme, j'obtiendrais un bon job et pourrais ainsi subvenir aux besoins de ma mère, comme elle l'avait fait pour moi.

Il roula sur le dos, envahi par le flot des souvenirs qu'il avait refoulés depuis si longtemps.

— Ma mère est morte d'un cancer avant que j'aie terminé mes études. *Theos*, elle n'avait que trente-cinq ans, dit-il d'une voix brisée.

S'interrompant un instant, il se frotta nerveusement le front.

— Au début, j'ai été fou de chagrin, mais Larissa a réussi à me persuader de faire quelque chose de ma vie. Elle m'a offert un poste dans sa compagnie, après quoi j'ai rapidement montré que j'avais du talent pour les affaires. Même si pas mal de gens murmuraient que mon ascension était due au fait que j'étais l'amant de Larissa.

Nikos se tourna vers Kitty.

— Ces rumeurs étaient infondées. Je considérais Larissa comme une mère de substitution, et elle me traitait comme le fils qu'elle n'avait jamais eu — mais cela l'amusait de laisser croire aux médias qu'il y avait quelque chose entre nous. Larissa était une femme de caractère, je t'assure. Quand elle est morte, j'ai été aussi surpris que tout le monde d'apprendre que j'étais son seul héritier. Ensuite, j'ai travaillé très dur pour diriger la compagnie.

Puis il se tut, le regard sombre et torturé. Kitty se sentait terriblement émue.

— Je suis sûre que Larissa aurait été fière de toi, dit-elle doucement.

Elle le regarda avec compassion. Larissa était morte quelques années après sa mère et il s'était de nouveau retrouvé seul, songea-t-elle. Pas étonnant qu'il soit devenu aussi dur et impitoyable. Après avoir été abandonné par son père dès avant sa naissance, il avait ensuite perdu les deux seuls êtres qu'il avait aimés — et qui l'avaient aimé.

Soudain, elle lui prit le visage entre ses mains et approcha ses lèvres des siennes. Puis elle l'embrassa avec une tendresse qui ébranla Nikos au plus profond de lui-même.

Attirant sa femme contre lui, il lui rendit son baiser avec fougue et sans plus attendre, il s'installa sur elle. Il la pénétra avec un mélange de douceur et d'ardeur, encore et encore, jusqu'à ce qu'ils s'abandonnent tous deux dans un abîme de volupté.

Ce n'était que du plaisir sexuel, se répéta Nikos tandis que Kitty poussait des cris adorables en s'égarant dans la jouissance.

Cependant, quelques minutes plus tard, la tête posée entre ses seins, il se sentit incroyablement détendu. Et lorsqu'elle se lova ensuite contre lui, il dormit paisiblement pour la première fois, depuis une éternité.

11.

Kitty fut tirée d'un profond sommeil par le soleil qui passait à travers les stores. Elle s'étira avant de rouler sur le côté, puis elle sourit en voyant la tasse de camomille que Nikos avait placée pour elle sur la table de chevet.

Elle en était maintenant au deuxième mois de sa grossesse et se réveillait souvent en proie à des nausées. Comme ces infusions semblaient le seul remède capable d'apaiser ses malaises, Nikos lui en préparait chaque matin.

Au cours de ces dernières semaines, elle avait découvert un nouvel aspect de son mari. Même s'il semblait toujours distant par moments, et qu'il travaillait énormément, il revenait à temps pour dîner avec elle, avant d'aller ensuite s'enfermer quelques heures dans son bureau.

Kitty adorait ces moments bénis où ils partageaient non seulement le repas, mais aussi des discussions très animées. Depuis leur première sortie mondaine, ils avaient participé à de nombreuses soirées et manifestations, et elle commençait à se sentir moins nerveuse quand elle entrait dans une pièce remplie d'étrangers.

Après avoir bu son infusion, elle entendit le bruit de la douche s'arrêter. Bientôt, Nikos apparaîtrait, vêtu de l'un des costumes élégants qu'il portait pour aller travailler.

Elle s'assit lentement, en priant pour que la nausée disparaisse. Hélas, une envie terrible de vomir la saisit, si bien qu'elle se leva précipitamment pour se ruer vers sa propre salle de bains.

Nikos la trouva là quelques minutes plus tard et, ignorant ses supplications de la laisser seule, il resta avec elle comme si elle était une petite fille.

— Tu te sens mieux ? demanda-t-il quand elle s'assit sur le rebord de la baignoire, épuisée et probablement livide.

En fait, Kitty se sentait irritée par la sollicitude de son mari. Il ne s'occupait pas d'elle parce qu'il se souciait d'elle, mais uniquement à cause de l'enfant qu'elle portait. Jetant un coup d'œil à son reflet dans le miroir, elle constata qu'elle était horrible. Seigneur, elle aurait tant préféré que Nikos ne la voie pas dans cet état.

— Je déteste me sentir ainsi, avoua-t-elle misérablement.

— C'est une conséquence naturelle de la grossesse. Le médecin a affirmé que ces nausées devraient disparaître dans quelques semaines.

— Evidemment, il a dit cela comme si ce n'était rien, riposta vivement Kitty. C'est un homme, il ne sait pas ce que c'est.

« Pas plus que toi », ajouta-t-elle en silence.

— Tu ne peux pas imaginer comment je me sens en ce moment, reprit-elle. De ton côté, pas de problème. Ton corps ne va pas changer et devenir méconnaissable, et tu n'as pas à te préoccuper du fait que, quoi que tu manges au dîner, tu vas tout rejeter le lendemain matin.

— C'est vrai, reconnut-il d'une voix tendue en l'observant comme s'il cherchait à comprendre ce qu'elle voulait lui dire. Mais cela en vaut la peine, et quand le bébé sera là, tu oublieras tous ces mauvais moments.

— Probablement, murmura Kitty.

A présent, elle avait honte de son emportement et elle ressentait une envie irrésistible de pleurer. Mais elle ne voulait pas se laisser aller devant lui.

— Je me sens mieux, affirma-t-elle. Va travailler, Nikos.

Il sembla hésiter.

— Un autre jour, j'aurais annulé mes rendez-vous pour rester avec toi. Mais je dois voir des gens importants tout à l'heure.

— Je n'ai pas besoin de toi, ne t'en fais pas. La nausée

est passée et, dans quelques instants, je vais manger quelque chose.

Comme il ne bougeait toujours pas, Kitty chercha un moyen de le convaincre qu'elle se sentait parfaitement bien. Car elle désirait désespérément qu'il la laisse seule pour pouvoir prendre une douche et se laver les cheveux. Seigneur, elle avait besoin de retrouver une apparence vaguement féminine…

— Je crois que je vais me joindre à un organisme caritatif, poursuivit-elle. Tu m'avais dit que tu avais une amie qui…

— Oui, l'interrompit-il. Melina Demakis. Je vais te donner son numéro. Cependant, je ne veux pas que tu en fasses trop.

— Mais non, ne t'inquiète pas. N'oublie pas que tu es absent toute la journée, et que je ne peux pas rester assise à ne rien faire pendant sept mois.

Il la regarda avant de hocher la tête.

— Très bien. Viens avec moi et je te donnerai les coordonnées de Melina.

En fin de matinée, Kitty avait recouvré sa bonne humeur. Après s'être douchée et habillée, elle avait pris un petit déjeuner gargantuesque en songeant à la journée qui l'attendait. Elle appela ensuite Melina Demakis et prit rendez-vous avec celle-ci pour la semaine suivante. Néanmoins, son existence lui semblait toujours aussi vide, se dit-elle en décidant qu'il lui fallait trouver quelque chose qui en valait la peine.

Parcourant le journal un peu plus tard, un nom familier attira son attention, celui du père Thomaso. Elle avait rencontré ce dernier quelques années plus tôt, lorsqu'elle avait participé à l'ouverture d'un établissement de soins palliatifs à Aristos, pour lequel il avait rassemblé des fonds. D'après l'article, il vivait maintenant à Athènes et avait fondé un organisme destiné à venir en aide aux jeunes gens provenant de milieux défavorisés. Le père Thomaso exposait au journal les problèmes auxquels étaient confrontés ces jeunes, enfants et adolescents. La plupart d'entre eux étaient fils ou filles d'immigrants venus à Athènes à la recherche d'une vie meilleure, mais qui avaient atterri dans des taudis ou, pire, dans la rue. Le prêtre demandait un soutien financier et pratique pour son organisme.

Profondément touchée, Kitty prit le téléphone. Lorsqu'elle le raccrocha vingt minutes plus tard, elle avait pris rendez-vous avec lui pour le rencontrer au centre, le jour même.

En fin d'après-midi, Kitty regarda avec inquiétude par la vitre du taxi. La circulation était impressionnante. Après être restée au centre bien plus longtemps que prévu, elle allait être sérieusement en retard au musée archéologique où elle devait retrouver Stavros.

Jusque-là, tout avait fonctionné à merveille — même si elle se sentait très mal à l'aise d'avoir menti à Stavros, et trompé Nikos. Elle ne le trompait pas vraiment, corrigea-t-elle. Elle avait téléphoné à son bureau pour l'avertir qu'elle allait rendre visite au père Thomaso, mais sa secrétaire lui avait dit qu'il était en conférence et ne pouvait pas être dérangé.

Kitty aurait pu lui laisser un message, bien sûr, mais finalement, il lui avait semblé plus simple de garder son projet pour elle. Comme Nikos lui avait interdit de travailler comme volontaire à l'hôpital, elle était certaine qu'il ne lui aurait pas permis de se rendre dans une zone particulièrement dure de la ville, pour aller travailler avec des jeunes de milieux défavorisés.

C'était justement ce mot de « permis » qui la rendait furieuse, songea-t-elle tandis que le taxi progressait affreusement lentement. Elle comprenait ses inquiétudes pour leur enfant, mais elle était adulte, bon sang, et parfaitement capable de prendre ses propres décisions.

Evidemment, Stavros dirait à Nikos où il l'avait emmenée, aussi lui avait-elle demandé de la déposer au musée, sachant qu'il accepterait facilement de l'attendre dans la voiture au lieu de la suivre dans les salles d'exposition.

Dès que Stavros l'avait laissée pour retourner dans la voiture, elle s'était échappée par une autre sortie et avait hélé un taxi pour se rendre au centre.

Là, les heures passées avec le père Thomaso l'avaient convaincue qu'elle avait enfin trouvé quelque chose de valable pour remplir les journées vides qu'elle passait à l'appartement.

Kitty se demandait comment elle allait réussir à convaincre Nikos que ce travail ne lui serait pas nuisible, quand le taxi arriva enfin devant le musée archéologique. Mais lorsqu'elle aperçut son mari, à côté de Stavros devant la limousine, elle sentit son cœur sombrer dans sa poitrine à la vue de son visage sombre et furieux.

— Stavros n'y est pour rien, dit-elle calmement quand elle se retrouva en face de Nikos. Je vais t'expliquer.

— Vraiment ? répliqua Nikos en luttant contre la colère qui bouillonnait en lui.

Lorsqu'il l'avait vue arriver dans ce taxi, comprenant ainsi qu'elle avait délibérément dupé son garde du corps, il s'était senti envahi par une rage d'une force incroyable.

Stavros l'ayant appelé pour lui dire que Kitty avait disparu du musée, il avait aussitôt quitté la salle de réunion pour se précipiter sur place, hanté par des visions de kidnapping. Mais à présent, de nouvelles craintes lui rongeaient le ventre. D'où venait-elle ? Et pourquoi ce secret ?

Il prit le bras de Kitty brutalement, sans se préoccuper de son cri de douleur.

— Nous ne pouvons pas parler ici, dit-il d'une voix crispée en l'entraînant vers sa voiture.

Puis il ouvrit la portière d'un geste brusque.

— Monte.

Kitty savait que ce n'était pas le moment de protester. Sentant la colère vibrer en lui, elle se glissa rapidement sur le siège et regarda droit devant elle.

Durant le trajet qui les ramenait à l'appartement, aucun d'eux ne dit un mot. Et quand elle entra dans le hall devant lui, Kitty dut faire un effort pour ne pas se précipiter dans son ancienne chambre avant d'aller s'enfermer dans la salle de bains.

Le plus calmement possible, elle se dirigea vers le salon, suivie de près par Nikos.

La tension qui l'habitait était si forte que Kitty la ressentait physiquement. Lorsqu'il vint vers elle, elle ne put réprimer un frisson de crainte.

— Où as-tu passé l'après-midi, Kitty ? demanda-t-il en lui prenant durement le menton.

— Nikos... tu me fais mal.

Soudain, elle se sentit mal. Seigneur, elle n'avait rien mangé depuis son petit déjeuner. Elle était partie à midi pour aller rejoindre le père Thomaso, se souvint-elle. Ensuite, elle avait été si occupée à parler avec un jeune garçon, qui s'était enfui de chez lui après que son beau-père l'eut frappé, qu'elle en avait oublié de déjeuner.

— Lâche-moi, et je vais tout te raconter, le supplia-t-elle. Pour l'amour du ciel, Nikos ! Tu me fais peur, et ce n'est pas bon pour le bébé.

— Tu veux dire qu'il y a encore un bébé ? demanda-t-il sauvagement en la regardant dans les yeux d'un air féroce.

Kitty le contempla avec effarement.

— Bien sûr qu'il y a encore un bébé... Je ne comprends pas...

— Ecoute, Kitty. Ce matin, tu me dis que tu détestes te sentir enceinte, et ensuite, tu demandes à Stavros de te laisser seule au musée, avant de disparaître sans dire à personne où tu vas. Alors, peut-être as-tu agi ainsi dans le but de te rendre dans une clinique privée, pour régler le problème de ta grossesse ?

Etait-ce elle qui était folle, ou lui ? se demanda Kitty, terriblement choquée par ce qu'il venait d'insinuer.

— De quelle clinique parles-tu ? demanda-t-elle d'une voix hachée. Il n'y a pas de *problème avec ma grossesse*. Je ne comprends pas de quoi tu parles, Nikos.

Complètement désemparée, elle sentit ses genoux flancher et se laissa tomber sur le sofa.

— Tu ne peux pas penser... Tu ne peux pas penser que j'aurais...

Mon Dieu, elle ne pouvait se résoudre à prononcer ces mots.

— ... que j'aurais pu vouloir... me débarrasser du bébé ? termina-t-elle avec effort.

— Pourquoi pas ? répliqua-t-il, les yeux noirs et glacés. C'est bien ce qu'a fait ma première femme.

— Non !

Ce qu'il venait de dire était trop affreux, songea Kitty en fermant les yeux. Elle se sentait totalement impuissante à affronter la souffrance qui se lisait dans les yeux de Nikos, qui déformait ses traits...

— Tu dois te tromper, reprit-elle d'une voix tremblante. Ta femme ne peut pas avoir fait une chose pareille.

Elle se leva péniblement et vint se placer devant lui.

— Je ne pourrais jamais accomplir un tel acte, dit-elle d'une voix plus ferme.

Quand elle s'était approchée de lui, il s'était raidi, mais Kitty s'en fichait. Une seule chose comptait pour l'instant — qu'il comprenne que leur enfant était sauf.

Doucement, elle lui prit la main et la posa sur son ventre avant de le regarder dans les yeux.

— Notre enfant est là, en moi, et seul le destin décidera s'il naîtra en bonne santé dans sept mois. Mais j'agirai de mon mieux pour le faire grandir et le protéger, et je ne ferai *jamais* rien contre lui, tu m'entends ?

Nikos restait figé comme une statue.

— Ce matin, je n'ai pas dit que je détestais être enceinte, poursuivit-elle avec détermination. Je voulais simplement dire que je détestais avoir ces nausées devant toi, je... j'étais très embarrassée que tu me voies dans cet état...

. A cet instant, il bougea enfin, comme si le sang se mettait à circuler de nouveau dans ses veines.

— Tu ne pouvais pas t'empêcher d'avoir la nausée, dit-il d'une voix monocorde.

Puis Nikos regarda sa propre main posée sur le ventre de Kitty et courba légèrement les doigts, comme s'il pouvait bercer l'enfant qui vivait en elle. Lentement, il leva les yeux vers le visage de sa femme et ressentit un profond choc quand il vit qu'elle pleurait en silence.

— Je pensais… Tu semblais si malheureuse, ce matin, et j'avais l'impression que tu ne voulais pas être enceinte. Quand Stavros m'a appris que tu avais disparu, et qu'ensuite j'ai compris que tu t'étais rendu quelque part en secret, j'ai pensé qu'il ne pouvait y avoir qu'une seule raison à cette escapade. Je me suis laissé influencer par mon expérience passée.

Il ôta sa main de son ventre et se détourna pour regarder par la fenêtre.

— Pardonne-moi.

Kitty contempla ses épaules raides — oserait-elle poser la question qui lui brûlait les lèvres ?

— Est-ce que ta première femme a vraiment…

— Avorter de mon enfant ? finit-il à sa place, d'une voix dénuée de toute émotion. Oui. J'avais parlé à Greta de mon histoire familiale et elle savait que je n'abandonnerais jamais mon enfant comme l'avait fait mon père. Je ne sais pas si sa grossesse était vraiment un accident, ou si Greta avait arrêté de prendre la pilule volontairement, mais quand j'ai appris qu'elle était enceinte, je lui ai aussitôt proposé de l'épouser.

Diable, Nikos n'avait jamais parlé de cela à personne, mais à présent les mots sortaient de sa bouche.

— Quand, peu après notre mariage, elle m'a annoncé qu'elle avait perdu notre bébé, j'ai été anéanti, reprit-il d'une voix sombre. Elle savait que je voulais cet enfant. Mais j'ai compris plus tard que son seul but avait été d'épouser un milliardaire. Une fois ce but atteint, l'enfant n'était plus nécessaire. Après que notre mariage fut tombé en ruine à cause du fait qu'elle se droguait, et comme je voulais divorcer, elle m'a jeté à la figure qu'elle s'était fait avorter.

Kitty parvint difficilement à contenir son émotion. Evidemment, après une expérience aussi douloureuse, il avait protégé son cœur en l'entourant d'une couche de granit, songea-t-elle avec tristesse. Elle aurait voulu le prendre dans ses bras et le serrer contre elle, mais elle savait qu'il la repousserait. Il n'était pas prêt, se dit-elle, et à présent, elle comprenait pourquoi. Sa confiance et sa foi en l'humanité avaient été entièrement et cruellement détruites.

— Où est Greta, maintenant? demanda-t-elle d'une voix étranglée.

— Elle est morte il y a deux ans, d'une overdose.

Il n'y avait pas eu la moindre trace de pitié dans sa voix, avait remarqué Kitty. Avait-il aimé cette femme? Une vague de jalousie lui transperça le cœur, mais elle la rejeta aussitôt. C'était vraiment ridicule. Cependant, s'il avait aimé Greta, la trahison de celle-ci devait avoir été encore plus atroce.

Tout était si clair, maintenant. Kitty comprenait pourquoi il désirait leur enfant aussi farouchement. Ce petit être signifiait tout pour lui, et elle comprenait que, quoi qu'il arrive désormais, elle ne pourrait jamais séparer Nikos de son enfant.

De toute façon, elle ne pouvait envisager de vouloir quitter son mari. Car elle l'aimait. Cette certitude l'aveuglait, en un mélange de joie et de souffrance. Elle l'avait aimé dès le début, dès qu'elle s'était trouvée avec lui dans la grotte, le soir de ce fameux bal au palais. Elle l'avait pris pour un homme froid et sans cœur, mais comment aurait-il pu en être autrement après ce qu'il avait subi?

Kitty aurait tant voulu lui dire qu'elle serait toujours là, à ses côtés. Mais il ne voulait pas de son amour, et elle ne le lui imposerait jamais, de même qu'elle ne lui reprocherait jamais de ne pouvoir l'aimer en retour.

Perdu dans ses souvenirs amers, il regardait sans rien voir, mais soudain il pivota sur lui-même et la regarda avec attention.

— Au fait, où es-tu allée cet après-midi?

Maintenant honteuse de son petit stratagème, Kitty inspira à fond avant de lui répondre.

— Je suis allée faire une visite dans un centre pour jeunes gens en difficulté, après avoir lu un article sur le prêtre qui est à l'origine de ce projet et qui le dirige. Il s'agit du père Thomaso, qui vient d'Aristos.

Elle continua sans le regarder.

— Je sais que j'aurais dû t'en parler d'abord, Nikos, mais j'avais peur que tu m'empêches d'y aller. En tant que princesse, j'ai passé une vie protégée et choyée, et je désire vraiment faire quelque chose d'utile. Je sais que je peux donner de l'argent, mais ce dont ces jeunes ont vraiment besoin, c'est quelqu'un qui les écoute, quelqu'un qui…

Le voyant froncer les sourcils, elle s'interrompit, découragée.

— Je sais très bien de quoi ils souffrent et de quoi ils ont besoin, dit-il calmement, puisque j'ai vécu le même genre d'enfance et d'adolescence.

Nikos l'observait intensément en essayant de la comprendre. Elle venait de l'une des familles les plus fortunées d'Europe, elle était princesse et, en dépit de son enfance privilégiée, elle voulait aider les pauvres gosses désespérés qui vivaient dans la rue. Décidément, son comportement le laissait perplexe.

— Je t'ai dit que, grâce à Larissa, j'avais hérité la compagnie que je dirige, reprit-il, rompant le silence qui s'était installé entre eux. Mais je ne voulais pas de sa fortune personnelle, car j'étais déterminé à construire la mienne seul. Aussi ai-je placé cet argent dans une institution caritative qui soutient des causes qui m'importent, comme par exemple, le centre que tu es allée visiter aujourd'hui. Je ne connais pas personnellement le père Thomaso, mais je sais comment il travaille et j'ai déjà fait en sorte que l'institution dont je viens de te parler fasse une donation importante à ce centre.

A sa grande joie, Kitty vit une lueur inconnue éclairer le regard de son mari — une lueur de respect qui lui fit chaud au cœur.

— Je ne crois pas que tu devrais t'engager dans trop d'activités pendant que tu es enceinte, et, après la naissance du bébé, tu seras très occupée. Mais je cherche quelqu'un pour diriger cette institution que j'ai créée. Tu peux t'en charger si tu le désires.

Quand elle hocha la tête en silence, il vint vers elle et lui prit doucement le menton avant de lever son visage vers le sien.

— Nous nous sommes mariés pour le bien-être de notre enfant et, pour être franc, je croyais que tu étais aussi égoïste que les autres femmes que j'avais connues avant toi, dit-il. Mais tu me surprends sans cesse, Kitty.

A sa grande surprise, Nikos se rendait compte que, finalement, il ne regrettait pas de s'être confié à elle. Après son expérience désastreuse avec Greta, il avait cru qu'il ne pourrait plus jamais avoir confiance en personne, mais quand il plongea son regard dans les yeux bruns de Kitty, si doux, il comprit qu'il n'était plus le même.

Soudain, il se rendit compte qu'elle semblait à peine tenir sur ses jambes.

— Que se passe-t-il ? demanda-t-il brusquement. Tu ne te sens pas bien ?

— J'ai oublié de déjeuner, reconnut-elle avec embarras.

— Kitty ! Ne crois-tu pas que tu devrais te préoccuper un peu moins des autres, et un peu plus de toi ? s'exclama-t-il.

Puis, sans tenir compte de ses protestations, il la souleva dans ses bras et se dirigea vers la cuisine.

— Je suis désolée, murmura-t-elle en essayant de résister au désir de poser son visage contre son cou. Je sais que tu es inquiet pour le bébé.

— A vrai dire, *agape*, je suis inquiet pour *toi*.

Elle avait l'air exténuée, et si fragile, songea Nikos en sentant une émotion indéfinissable frémir au fond de son cœur. Mais il repoussa celle-ci avec force. Kitty était la mère de son enfant, se rappela-t-il, aussi était-il normal de se soucier de sa santé.

Après l'avoir déposée sur une chaise devant la table de la cuisine, il resta à côté d'elle jusqu'à ce qu'elle ait mangé correctement. Ensuite, il la prit de nouveau dans ses bras et l'emmena dans leur chambre.

Ivre de fatigue, Kitty le laissa la déshabiller, lui passer une chemise de nuit par-dessus la tête, puis la mettre au lit.

Quelques secondes après avoir posé sa tête sur l'oreiller, elle s'endormit, mais Nikos resta éveillé toute la nuit. Ce n'était plus son passé qui le préoccupait, mais l'avenir de la femme qui était allongée à côté de lui.

12.

Kitty lissa la jupe de son élégant tailleur en lin couleur ivoire avant de jeter un dernier coup d'œil aux notes qu'elle avait rédigées. Autour d'elle, la salle de réception était emplie d'invités qui participaient au déjeuner organisé pour aider le centre du père Thomaso. En tant que présidente de l'institution caritative créée par Nikos, elle devait faire un discours pour exposer les objectifs du centre et solliciter des dons.

Assis à côté d'elle, Nikos lui sourit en posant une main sur sa cuisse.

— Comment te sens-tu, *agape* ? Tu as vu ? Plusieurs centaines de personnes sont venues.

Kitty inspira à fond avant de redresser les épaules.

— Ça va, dit-elle avec confiance en refoulant sa nervosité.

Car elle savait qu'une fois qu'elle se trouverait sur le podium et commencerait à parler du centre et des jeunes qu'il accueillait, son trac disparaîtrait.

C'était incroyable, songea-t-elle une fois encore, à quel point elle avait changé en si peu de temps. Depuis qu'elle avait épousé Nikos et était venue s'installer à Athènes, elle avait l'impression d'être sortie de sa coquille. Elle n'était plus la Kitty gauche et timide. Consciente d'avoir de l'allure dans les vêtements achetés par Nikos, et grâce à l'admiration qu'elle lisait dans les yeux de celui-ci, elle se sentait dorénavant beaucoup plus sûre d'elle.

À cet instant, elle entendit le présentateur prononcer son nom.

130

— Souhaite-moi bonne chance, murmura-t-elle en rassemblant ses notes.

A sa grande surprise, il se pencha vers elle et l'embrassa avec une douceur exquise.

— Tu n'en as pas besoin — tu es une brillante oratrice.

Il s'interrompit un instant avant d'ajouter :

— Et je suis très fier de toi, Kitty *mou*.

En proie à un mélange de fierté et de frustration, Nikos la regarda rougir légèrement avant de s'éloigner vers le podium.

Depuis ce jour où elle était allée voir le père Thomaso en cachette, et après la violente confrontation qui s'en était suivie, un lien fragile s'était développé entre eux. Les dernières semaines avaient été… agréables, reconnut-il, en refusant de s'attarder sur le fait qu'il avait considérablement réduit ses heures de travail, afin de passer plus de temps avec sa femme.

C'était important d'avoir établi une relation amicale entre eux avant la naissance du bébé, mais il était surpris et troublé de découvrir qu'il appréciait autant la compagnie de Kitty.

Celle-ci n'était plus la personne gauche et réservée qu'il avait amenée à Athènes. Et depuis qu'elle dirigeait l'institution caritative, elle était devenue une véritable célébrité à Athènes. D'autre part, grâce à la patience de sa femme, à son écoute et à sa bienveillance, Nikos arrivait petit à petit à se réconcilier avec son passé et attendait avec impatience de devenir père.

Cependant, même s'il lui faisait à présent totalement confiance, il ne pouvait s'empêcher de constater qu'elle maintenait une distance entre eux, en particulier quand ils faisaient l'amour.

Quand ils sortirent de l'hôtel, la presse les attendait. Même si elle n'appréciait pas l'omniprésence des journalistes, Kitty y faisait maintenant face avec calme et dignité. Souriante au bras de Nikos, elle s'offrit patiemment aux flashes qui crépitaient autour d'eux.

Sur le trajet qui les ramenait à l'appartement, Nikos lui demanda si elle voulait faire quelques pas dans le Jardin national. Il faisait si bon en cette fin d'après-midi qu'elle accepta volontiers.

Les rayons du soleil passaient à travers les feuilles des cyprès et formaient des motifs dorés sur les allées.

— Que préférerais-tu — un garçon ou une fille ? demanda-t-elle avec curiosité.

— Je ne sais pas, répondit Nikos, l'air décontenancé.

On aurait dit qu'il ne s'était jamais posé la question, songea Kitty en l'observant en biais.

— Je m'en fiche, reprit-il alors avec sérieux.

C'était merveilleux, songea-t-elle en le regardant franchement en souriant. Car elle ressentait exactement la même chose. Pourvu que leur enfant naisse dans de bonnes conditions et en parfaite santé, elle se moquait éperdument que ce soit un garçon ou une fille.

Nikos lui sourit à son tour et lui prit la main tandis qu'ils marchaient tranquillement. Leur enfant formerait un lien entre eux qui durerait toute leur vie, songea Kitty en savourant la nouvelle proximité qu'elle sentait se développer entre eux.

— Parle-moi de ton enfance, dit-il tout à coup. Je t'ai parlé de la mienne, mais pour toi, cela a dû être très différent.

— Oui, en effet. Je ne peux pas me plaindre d'avoir manqué de quoi que ce soit, murmura-t-elle. Le palais était un environnement extraordinaire pour une enfant mais, bien sûr, je ne me rendais pas compte des privilèges dont je bénéficiais.

Elle sourit en songeant à l'atmosphère joyeuse qui avait régné autour d'elle.

— Mais il ne s'agissait pas que de choses matérielles. Nous étions cinq enfants, aussi n'étais-je jamais seule. Et bien que mes parents aient été occupés la plupart du temps avec les affaires de l'Etat, ils étaient quand même présents pour nous.

Kitty eut la vision du visage du roi Aegeus.

— J'étais très proche de mon père, avoua-t-elle avec un sourire attendri. Je l'adorais. Quand j'étais petite, il venait chaque soir à la nursery me lire quelques pages de mon livre préféré — les *Contes et légendes de Russie*. Je regrette de ne plus avoir ce livre, malheureusement il a disparu dans l'incendie qui a détruit une partie de la nursery, il y a quelques années. Il est maintenant épuisé et les quelques exemplaires qui existent appartiennent à des collectionneurs privés. C'est dommage, j'aurais tant aimé le lire à notre enfant.

— Nous lui en achèterons d'autres, murmura Nikos en pensant à sa propre enfance et aux manques dont il avait cruellement souffert.

Il s'interrompit un instant avant de continuer.

— Il serait peut-être temps que nous commencions à regarder les maisons, dit-il. Quelque part en banlieue, avec un grand jardin pour que l'enfant puisse y jouer quand il sera plus grand. Qu'en penses-tu ?

Stupéfaite, Kitty le regarda un moment en silence.

— Ce serait formidable, répondit-elle lentement. Mais tu aimes tant l'appartement.

— Hum, oui. Mais je ne suis plus célibataire, et je veux que notre enfant se sente bien dans son environnement. Je vais contacter quelques agents immobiliers, fit-il avec détermination. Cependant, cela prendra du temps, aussi ai-je pensé qu'en attendant, nous pourrions transformer ton dressing en nursery. Comme cela, nous serions près du bébé s'il se réveille la nuit — à moins que tu n'envisages d'y dormir encore ?

Sous son regard moqueur, Kitty se sentit rougir.

— C'est toi qui pourrais préférer dormir seul, lorsque je serai enceinte de neuf mois et grosse comme une baleine, murmura-t-elle.

Elle ne plaisantait qu'à moitié. Elle redoutait qu'il ne la trouve plus désirable quand elle avancerait dans sa grossesse.

— Tu sais, Nikos, insista-t-elle, je vais vraiment devenir *énorme*. J'ai déjà pris pas mal de poids.

— Oui, je sais, dit Nikos en s'appuyant le dos à un arbre avant de l'attirer dans ses bras. Tes seins ont grossi — et je les adore de plus en plus.

Adroitement, il déboutonna la veste de Kitty pour pouvoir caresser ses seins épanouis à travers son chemisier de soie. Quand il lui passa ensuite doucement la main sur la joue, il la vit trembler.

— Tu as l'air fatiguée, *agape*.

Kitty ne voulait pas qu'il lui dise qu'elle avait l'air fatiguée, elle voulait qu'il lui dise qu'elle était somptueuse et sexy, et qu'il mourait d'impatience de l'emmener au lit.

— Non, je me sens très bien.

— Quel dommage, répliqua-t-il alors avec un sourire malicieux. Moi qui espérais que tu désirerais passer le reste de l'après-midi au lit…

Aussitôt, Kitty sentit un délicieux frisson d'excitation la traverser.

— Dans ce cas, nous ferions bien de rentrer, chuchota-t-elle contre ses lèvres.

Ses seins devenaient vraiment énormes, et ses mamelons étaient plus larges, et plus foncés, remarqua Kitty d'un air lugubre en se regardant une demi-heure plus tard. Elle était si différente des blondes hyper minces qu'avait fréquentées Nikos avant elle. Subitement, tous ses anciens doutes refaisaient surface.

Le soleil se déversait à flots dans leur chambre et, soudain, elle se sentit terrifiée à l'idée de se déshabiller complètement devant Nikos en pleine lumière.

— Je vais baisser les stores, murmura-t-elle en s'écartant de lui avant de croiser les bras sur sa poitrine nue.

— Pourquoi ? demanda-t-il d'un air interrogateur. Nous sommes au dernier étage, à l'abri de tout regard indiscret.

Mais quand il voulut lui décroiser les bras, elle résista obstinément.

— Que se passe-t-il, Kitty ? Pourquoi ne veux-tu pas que je voie ton corps ? Crois-tu que je n'ai pas remarqué que tu te cachais sous les draps dès que tu le pouvais ?

— Je suis grosse ! s'exclama-t-elle misérablement. Et ce n'est pas seulement dû au fait que je sois enceinte. J'ai toujours été ronde et je n'ai jamais aimé mon corps — pas depuis…

Elle s'interrompit et contempla le tapis.

Nikos lui mit un doigt sous le menton avant de relever son visage pour la forcer à le regarder.

— Depuis quoi, *agape* ?

Mal à l'aise, Kitty haussa les épaules, mais quand elle vit la chaleur qui luisait au fond de ses yeux, elle ressentit un besoin soudain de se confier à lui.

— C'est stupide, je sais, murmura-t-elle. Je suis allée à un rendez-vous, il y a des années. Mon *premier* rendez-vous. Mon père s'était toujours montré très protecteur envers moi, et j'étais affreusement naïve. Il m'a donc facilement persuadée d'accepter un rendez-vous avec le fils de l'un de ses amis. Je crois que papa avait arrangé cela parce qu'il pensait que je ne trouverais jamais de petit ami, vu que je passais tout mon temps dans la bibliothèque.

Nikos l'écoutait avec une attention qui l'encouragea.

— La soirée a été un véritable désastre, continua-t-elle, et le bouquet a été le moment où le garçon m'a agressée dans sa voiture.

— Que veux-tu dire par *agressée* ? T'a-t-il violentée ? demanda Nikos avec une rage visible.

— Non, non, le rassura aussitôt Kitty. Pour être honnête envers lui, je dois préciser qu'il avait trop bu. Mais il a déchiré ma robe et… et il m'a touchée. Et quand j'ai voulu l'arrêter, il m'a accusée de l'avoir provoqué. Il a réussi à me faire sentir honteuse de mon corps, et je suppose que cet incident a pris des proportions gigantesques dans mon esprit.

Après s'être interrompue brièvement, elle ajouta :

— Quand nous avons fait l'amour dans la grotte, j'ai fait semblant d'être quelqu'un d'autre, et j'ai oublié toutes mes inhibitions…

Affreusement embarrassée, Kitty regarda Nikos.

— J'aimerais vraiment que nous baissions les stores.

Il secoua la tête avant de l'attirer doucement contre lui en lui caressant doucement les cheveux.

— Qui était cet ami de ta famille qui a détruit ta confiance en toi ? demanda-t-il.

Après avoir hésité un instant, elle répondit :

— Vasilis Sarondakos.

— *Theos !* Encore lui ! Je ne lui souhaite pas de croiser mon chemin, dit sombrement Nikos. Mais il y a des châtiments plus subtils. Il se trouve que je sais qu'après avoir dilapidé la fortune qu'il avait héritée de son grand-père, Sarondakos cherche désespérément un bailleur de fonds pour ses affaires. Comme il serait dommage qu'il ne trouve pas l'argent dont il a besoin...

A la lueur glacée qui éclairait le fond de ses yeux, elle comprit qu'il devait être un dangereux adversaire en affaires.

— Je vais contacter quelques-uns de mes amis banquiers, ajouta Nikos en souriant. Oublie Sarondakos et ce qu'il t'a fait, *agape*. Tu devrais être fière de ton corps, il est sublime, et tu n'as vraiment aucune raison de vouloir le cacher. Te sens-tu sale ou honteuse quand nous faisons l'amour ?

Lentement, Kitty secoua la tête. Si elle lui avouait que, dans ses bras, elle n'était que désir, comprendrait-il ce qu'elle ressentait pour lui ?

Il lui caressait les cheveux, apaisant sa tension, et quand il l'écarta doucement avant de refermer les mains sur ses seins, elle eut l'impression que son cœur s'emballait.

— Je veux voir ton corps au soleil quand je te fais l'amour, dit-il d'une voix douce et sensuelle. Je veux voir tes yeux s'assombrir quand je te caresse comme cela.

Il fit rouler les pointes de ses seins entre ses doigts, faisant déferler de merveilleuses sensations dans tout son être.

— Et je veux te voir tout entière, Kitty, dans tes moindres replis secrets. Dans toute ta beauté.

Sa jupe tomba bientôt sur le sol et Kitty entendit le souffle de Nikos se hacher lorsqu'il baissa les yeux sur ses jambes gainées de soie transparente et ses chaussures à talons aiguilles. Puis il s'arrêta sur le minuscule triangle de dentelle qui dissimulait sa féminité.

— *Theos*, comment peux-tu douter de l'effet que tu me fais ? demanda-t-il d'une voix rauque.

Puis, renonçant à toute retenue, il l'attira dans ses bras et appuya la preuve brûlante de son désir entre ses cuisses. Après avoir pris sa bouche en un baiser affamé, il réussit à se déshabiller entièrement sans quitter ses lèvres. Et, sa bouche toujours unie à la sienne, il la poussa doucement sur le lit.

Dans la lumière dorée, ses cheveux luisaient comme du satin noir tandis qu'il se plaçait au-dessus de Kitty. Il interrompit alors son baiser avant de laisser errer ses lèvres sur son cou, et de venir s'arrêter sur un téton gorgé de plaisir. Il le titilla du bout de la langue avant de le prendre dans sa bouche, tout en glissant la main entre les cuisses de Kitty. Elle était moite et prête pour lui, aussi arqua-t-elle le dos en une supplication muette.

Il retira sa main et écarta davantage ses jambes, faisant croire à Kitty qu'il allait la prendre tout de suite. Mais lorsqu'il remplaça sa main par sa bouche, elle poussa un cri. Avec une habileté presque insoutenable, sa langue caressait maintenant l'endroit le plus intime de sa féminité.

Bientôt, elle oublia tout sinon la chaleur brûlante de son désir et la spirale de plaisir qui se déroulait en elle. Au moment où Kitty crut qu'elle ne pourrait plus supporter les délices qu'il faisait naître au plus profond de son intimité, il se redressa au-dessus d'elle, avant de la pénétrer avec une telle force qu'elle poussa de nouveau un cri.

Il se mit alors à bouger en elle, se retirant pour mieux s'enfoncer, encore et encore, de plus en plus vite, jusqu'à ce qu'elle sente les premiers spasmes de la jouissance l'ébranler.

Bientôt, les vagues puissantes déferlèrent en elle et Kitty eut envie de hurler son amour pour Nikos. Mais elle se retint et ferma les yeux pour qu'il ne voie pas la profondeur et l'intensité de ses émotions. Quelques instants plus tard, ils jouissaient ensemble.

Nikos était l'amour de sa vie, songea-t-elle tandis qu'ils reposaient dans les bras l'un de l'autre, épuisés et repus. Après l'incroyable passion qu'ils venaient de partager, comment pouvait-il ne pas ressentir quelque chose pour elle ?

Mais quand il s'écarta avant de s'étirer langoureusement, son sourire satisfait était celui d'un homme qui venait seulement de savourer une étreinte sexuelle fantastique, constata-t-elle avec tristesse.

Soudain il se leva et Kitty contempla sa haute silhouette mince et virile, superbe dans les rayons du soleil de cette fin d'après-midi. Il allait sans doute dans la salle de bains, songea-t-elle, mais il sortit de la chambre avant de revenir quelques instants plus tard, portant un long écrin en velours bordeaux.

— C'est pour toi, murmura-t-il en la rejoignant sur le lit.

— Encore un cadeau ? protesta-t-elle faiblement en pensant aux innombrables robes, parures de lingerie et fabuleux bijoux qu'il lui avait offerts au cours des semaines précédentes.

S'il savait que, sans hésiter une seconde, elle échangerait tous ces présents pour les mots qu'elle désirant tant entendre de lui… Mais il ne les prononcerait jamais, Kitty en était certaine. Elle était sa femme, la mère de leur enfant à venir, mais elle ne serait jamais l'amour de sa vie.

— Tu ne l'ouvres pas ?

Elle souleva rapidement le couvercle et découvrit un collier de diamants qui étincelaient comme des larmes sur le velours bordeaux. Il était d'une beauté stupéfiante et devait valoir une fortune.

Seigneur, il aurait fallu qu'elle dise quelque chose, mais Kitty avait soudain tellement envie de pleurer qu'elle dut se mordre la lèvre pour refouler ses larmes.

— Il est magnifique, dit-elle d'une voix étouffée. Mais tu me gâtes trop, Nikos.

Après avoir pris le collier, il le posa sur son cou.

— J'adore te gâter, murmura-t-il. Et c'est un moyen de te montrer à quel point je t'apprécie.

— Tu m'apprécies ? demanda-t-elle prudemment, le cœur tremblant d'un espoir ténu.

— Oui, dit-il avec un sourire sensuel en reculant la tête pour admirer les diamants qui étincelaient sur sa gorge. Notre mariage n'est pas ce que nous aurions choisi, mais nous sommes tous deux conscients de la responsabilité que nous avons envers cet enfant. Et je crois qu'en plus d'être amants, nous sommes maintenant devenus amis, n'est-ce pas, Kitty ?

Etait-ce pour cela qu'il avait fait l'effort de passer plus de temps avec elle ? Uniquement pour le bien-être de leur enfant ? Bien sûr, se dit douloureusement Kitty. Leur enfant grandirait dans l'harmonie, avec deux parents vivant dans une entente parfaite. Parfaite ? Non. En tout cas, pas pour elle.

Ce que lui offrait Nikos aurait pourtant dû lui suffire. Mais l'avenir dénué de tout amour qui s'étendait devant elle lui semblait tout à coup affreusement froid et sombre.

13.

Nikos regarda sa femme se diriger vers la salle de bains. Leur vie sexuelle était fabuleuse et, hors du lit, ils s'entendaient maintenant à merveille. Alors, pourquoi avait-il l'impression que quelque chose manquait ?

Elle sortit bientôt de la salle de bains et revint s'allonger à côté de lui. Apparemment, elle s'était brossé les cheveux, constata-t-il en admirant la masse soyeuse qui s'étalait autour de son visage sur l'oreiller.

— Je me disais que nous pourrions organiser une soirée ici, la semaine prochaine, murmura-t-elle en tournant son visage vers lui. Nous avons été invités plusieurs fois ces temps-ci, il serait temps que nous retournions ces invitations.

— Bonne idée, mais pas la semaine prochaine, répliqua-t-il en songeant au rendez-vous qu'il avait fixé le jour même. Je dois partir pour New York samedi soir et je resterai là-bas jusqu'au week-end suivant.

Kitty se sentit affreusement déçue.

— Tu ne m'avais pas parlé de ce voyage, dit-elle d'une voix tendue. Je suppose qu'il s'agit de tes affaires ?

Shannon Marsh vivait à New York. Envisageait-il d'aller la retrouver ? Elle repoussa aussitôt cette pensée. Elle avait confiance en Nikos. Il lui avait affirmé qu'il lui serait fidèle et elle le croyait. Mais elle n'avait pas envie qu'il s'en aille.

Après avoir hésité un instant, elle ajouta :

— Je pourrais peut-être t'accompagner ?

— Non. Malheureusement, pas cette fois.

Il avait souri en parlant, sans doute pour adoucir son refus, mais Kitty ne s'en sentait pas moins rejetée.

Lisant la déception dans ses yeux, Nikos songea brièvement à changer d'avis. Mais il s'agissait de négociations très importantes et, si elle l'accompagnait, il ne serait pas suffisamment concentré. D'autre part, il devait reconnaître que la vraie raison de son refus était qu'il avait besoin d'être seul. Kitty occupait de plus en plus ses pensées et cela le perturbait. Aussi avait-il besoin de se prouver qu'il pouvait se passer d'elle comme bon lui semblait.

Au début de la semaine suivante, Kitty décida qu'il était temps que cette situation s'arrête. Cela ne pouvait pas continuer ainsi. Elle devait cesser d'espérer ce qu'elle n'obtiendrait jamais.

Mais sans lui, les jours se traînaient interminablement et, bien qu'elle soit très occupée par son travail à la fondation, Nikos lui manquait douloureusement. Il l'appelait chaque soir, mais leurs conversations restaient un peu guindées. Kitty constatait qu'il y avait un léger changement dans leur relation et elle redoutait de perdre le lien fragile qui s'était développé entre eux.

A la fin de la semaine, son absence lui faisait l'effet d'un poids mort dans la poitrine, songea-t-elle alors qu'elle était installée sur la terrasse.

Perdue dans ses pensées, elle n'avait pas remarqué que Sotiri était sorti sur la terrasse pour lui apporter son petit déjeuner. Il poussa un lent sifflement.

— Anastasia !

Kitty suivit son regard vers le portrait de la mère de Nikos qui venait de lui être livré et qu'elle avait posé contre le dossier d'une chaise.

— Elle s'appelait ainsi ? Je ne savais pas que vous l'aviez connue, Sotiri.

— Vous parlez… Nikos et moi avons grandi dans les mêmes

rues. Sa mère était une femme adorable, tout le monde l'aimait. Où avez-vous trouvé ce portrait ?

— J'ai fait faire une copie de la petite photo qui se trouve sur le bureau de Nikos et je l'ai envoyée à un peintre d'Aristos qui a exécuté tous les portraits récents de la famille royale, expliqua Kitty. Comme Nikos m'avait dit que cette photo était son seul souvenir de sa mère, j'ai pensé qu'il serait content d'avoir un tableau la représentant.

Elle regarda le portrait en souriant.

— Je vais le donner à Nikos dimanche, quand il reviendra — car c'est le jour de son anniversaire. Vous pensez que cela lui plaira, Sotiri ?

Après s'être tourné vers elle, ce dernier lui lança un regard très intense.

— Je crois qu'il va en rester sans voix, madame Kitty.

Après avoir hésité un instant, il ajouta :

— Il a un cœur, vous savez. Même s'il le cache bien.

Le dimanche, Kitty se sentait en proie à une nervosité inouïe. Elle avait appris par la secrétaire de Nikos que son avion devait atterrir en fin d'après-midi et, au fur et à mesure que les heures passaient, elle ne tenait plus en place.

Sotiri avait préparé un dîner spécial, mais d'un commun accord, lui et Kitty avaient décidé que c'était elle qui préparerait le couvert et servirait le repas. Avec amour, elle avait donc disposé des bougies et des fleurs sur la table et placé le portrait, soigneusement enveloppé dans du papier jaune d'or, sur la chaise de son mari.

Après avoir changé d'avis plusieurs fois, elle choisit de porter une robe de soie couleur bronze, au décolleté profond. Nikos serait ravi, songea-t-elle en se regardant dans le miroir. Puis elle enfila le collier qu'il lui avait offert récemment, et se mit du parfum avant de commencer à arpenter nerveusement l'appartement, le cœur battant très fort.

Cependant, Nikos n'arrivait toujours pas. Au fur et à mesure que la soirée avançait, Kitty se sentit de plus en plus nerveuse et finalement, quand elle se rendit compte que son vol ne pouvait pas avoir autant de retard, elle se décida à l'appeler sur son mobile.

— Nikos, je t'attends depuis des heures ! s'exclama-t-elle en entendant de la musique et des voix en arrière-fond.

— Vraiment ? répliqua-t-il, apparemment surpris. Je ne me souviens pas de t'avoir dit à quelle heure je rentrerais.

— Non, en effet, mais je pensais… Es-tu à Athènes ?

— Oui, au casino, avec des amis rencontrés par hasard à l'aéroport. Ne m'attends pas, *agape*. Je rentrerai sans doute très tard.

— Parfait.

Les mains tremblantes, des larmes coulant sur ses joues, Kitty raccrocha. Il n'aurait pas pu être plus clair — il n'avait pas pensé une seconde à elle pendant cette semaine, alors qu'elle n'avait attendu qu'une chose : son retour.

Assis à une table du casino, Nikos regarda autour de lui. Rien n'avait changé dans cet endroit. C'était les mêmes célibataires endurcis, regroupés autour de la table de la roulette, les mêmes femmes flirtant avec des hommes ayant passé les soixante-dix ans. C'est ce genre de passe-temps qu'il avait apprécié pendant des années et il ne s'était jamais vraiment demandé si cela lui plaisait, songea-t-il en s'écartant d'une belle blonde qui le poursuivait littéralement.

Pourquoi était-il venu là ? se demanda-t-il. Parce qu'il avait peur de rentrer chez lui, tout simplement. Lui, Nikos Angelaki, le plus dur des gamins de la rue, l'adversaire le plus redouté en affaires.

Cependant, il avait déjà connu des émotions douloureuses auparavant. Le jour où il était resté à côté de sa mère, dans cette chambre d'hôpital, et où il lui avait juré de gagner assez d'argent pour soigner son cancer. Sa mère avait alors souri doucement avant de lui dire qu'il était trop tard.

Plus tard, il avait ressenti la même sensation le jour où Greta lui avait lancé l'atroce vérité au visage, concernant leur bébé.

Mais à présent, il s'agissait d'une émotion bien différente, qui avait germé en lui au cours de cette semaine passée loin de Kitty. Sa femme lui avait tellement manqué qu'il s'était senti seulement à moitié vivant.

Il avait été aveugle pendant des semaines, des mois..., songea Nikos. Ou peut-être avait-il été si effrayé qu'il avait fermé délibérément les yeux. Il ne pouvait plus se cacher la vérité plus longtemps, se dit-il en hélant un taxi. Sa place n'était plus dans l'univers nocturne des boîtes de nuit et des casinos — elle était à la maison, avec sa femme.

Quand il entra dans l'appartement, il était presque minuit. Il s'était attendu à trouver toutes les pièces plongées dans l'obscurité, mais il vit de la lumière passer au bas de la porte de la salle à manger. Il la poussa en fronçant les sourcils et s'arrêta aussitôt. Quelqu'un s'était donné beaucoup de mal pour préparer la table, et ce n'était sans doute pas Sotiri, songea-t-il en voyant les fleurs et la banderole accrochée au mur. « Joyeux anniversaire », y était-il inscrit en lettres dorées sur fond de satin rouge.

A cet instant, un bruit faible le fit se retourner. Kitty se tenait sur le seuil, vêtue d'une robe couleur bronze qui dévoilait largement ses seins. Aussitôt, sa virilité se manifesta violemment. Elle portait ses lunettes au lieu de ses lentilles de contact, remarqua-t-il avec étonnement, avant de voir les cernes rouges qui entouraient ses yeux.

— Tu as fait bon voyage ? demanda-t-elle d'une voix neutre.

— Oui.

Il regarda de nouveau la table.

— Si tu m'avais dit que tu avais prévu de dîner avec moi, je serais rentré plus tôt, ajouta-t-il.

Nikos avait raison sur ce point, reconnut Kitty en silence. Mais elle avait tellement craint qu'il ne refuse de participer à la petite réception qu'elle avait organisée, qu'elle ne lui en avait pas touché mot.

— C'est ton anniversaire, murmura-t-elle. Et tu as le droit de le passer comme tu l'entends.

Nikos laissa échapper un petit rire bref.

— Avant de voir cette banderole, je l'avais complètement oublié ! La dernière fois que je l'ai fêté, j'avais seize ans. C'était avant la mort de ma mère.

Il baissa les yeux sur le paquet enrubanné.

— Comment as-tu su que c'était aujourd'hui ?

— J'avais regardé sur ton passeport, répondit Kitty en se forçant à sourire. Tu ne veux pas ouvrir ton cadeau ?

A vrai dire, Nikos ne se souvenait pas d'avoir reçu un seul cadeau d'anniversaire de toute sa vie, aussi ne savait-il pas comment réagir. Mais comme Kitty l'observait, il se décida à ouvrir le paquet.

Figé sur place, il contempla le portrait en silence, tout en sentant une sensation étrange lui picoter les paupières.

— Il te plaît ? demanda Kitty, incapable de supporter plus longtemps ce silence. Le peintre a travaillé d'après une copie de la photo que tu as de ta mère. Je crois qu'il a fait du beau travail, qu'en penses-tu ?

— Je… Je ne sais pas quoi dire.

Nikos se sentait la gorge incroyablement sèche, tandis que les émotions qu'il avait refoulées depuis si longtemps déferlaient en lui. Face à ce portrait de la femme qui lui avait dit en souriant qu'elle l'aimait plus que tout au monde, il avait l'impression que son cœur se déchirait.

— Nikos ?

Kitty tenta de percevoir ce qu'il ressentait. Devant son immobilité totale, elle se sentait complètement désemparée. Mais quand il leva les yeux vers elle et qu'elle vit ses yeux bordés de larmes, toute la tension qu'elle avait ressentie en l'attendant s'évanouit d'un coup.

— Oh, Nikos… Ne pleure pas !

Elle se précipita vers lui et prit son visage entre ses mains.

— Je ne voulais pas te faire de la peine.

— Tu ne m'en as pas fait.

Nikos luttait de toutes ses forces pour endiguer le flot de ses émotions, comme si des eaux déchaînées venaient de forcer un barrage invisible.

— C'est un merveilleux cadeau, Kitty. Pourquoi as-tu fait cela ?

— Parce que je sais à quel point tu l'aimais.

Le cœur battant à tout rompre, Kitty respira à fond.

— Et parce que je t'aime, Nikos, ajouta-t-elle d'une voix tremblante.

— Kitty ! s'écria-t-il, en lui prenant les bras si violemment qu'elle réprima un gémissement.

— Ne t'en fais pas, dit-elle doucement. Je sais que tu n'éprouves pas les mêmes sentiments que moi. Je crois que tu as aimé Greta et je comprends très bien qu'après ce qu'elle t'a fait, tu ne veuilles plus aimer aucune femme.

Incapable de retenir ses larmes plus longtemps, Kitty ôta ses lunettes pour s'essuyer nerveusement les yeux.

— Je suis tombée amoureuse de toi cette nuit-là, dans la grotte, dit-elle. Et j'ai eu beau essayer de nier mes sentiments, je n'y peux rien. Je sais que je t'aimerai jusqu'à mon dernier jour.

Pourquoi restait-il muet ? Elle aurait préféré qu'il dise n'importe quoi plutôt que de la regarder comme s'il ne l'avait encore jamais vue.

— Moi aussi, j'ai quelque chose pour toi, dit-il enfin.

C'était bien les derniers mots qu'elle s'attendait à entendre… Il la lâcha brusquement et se dirigea vers son attaché-case. Puis après en avoir sorti un paquet carré, il le lui tendit.

Le cœur sombrant dans sa poitrine, Kitty le prit.

— Ouvre-le, *agape*, reprit-il tranquillement. Je ne suis pas doué pour la parole, et je ne sais pas comment exprimer ce que je voudrais te dire. Mais mon cadeau sera peut-être plus éloquent que moi.

Lentement, Kitty défit le papier. Quand elle découvrit ce qu'il contenait, tout sembla s'arrêter autour d'elle. Même sans ses lunettes, elle reconnaissait le livre merveilleux de son enfance, et soudain, son cœur se mit à battre frénétiquement.

— *Contes et légendes de Russie*, dit-elle d'une voix étranglée, mon livre d'enfant… C'est le plus beau cadeau que tu pouvais m'offrir, Nikos. Comment as-tu fait pour le trouver ?

— Je suis, entre autres, allé à New York pour rencontrer le collectionneur privé qui le possédait, et pour le persuader de s'en séparer, répondit Nikos d'une voix mal assurée.

L'émotion qui se lisait dans ses yeux bouleversa Kitty.

— Je savais ce que représentait ce livre pour toi et je voudrais…

Nikos fut forcé de s'interrompre un instant tant l'émotion lui nouait la gorge.

— Je voudrais être un bon père pour notre enfant, Kitty, reprit-il. Un père qui lui lise des contes, comme le faisait le tien.

Une fois encore, il s'arrêta. En proie à un vertige inouï, il se sentait au bord d'un véritable précipice. Mais quand il plongea les yeux dans ceux de sa femme, si lumineux et doux, il y découvrit toute l'étendue de l'amour qu'elle éprouvait pour lui et sentit une flèche lui transpercer le cœur.

— Mais si je suis allé chercher ce livre, c'est surtout parce que c'était le seul moyen pour moi de te dire que tu es ma vie, Kitty, et que tout ce que je suis, tout ce pour quoi j'ai travaillé si durement, tout cela ne signifie rien sans toi.

N'osant pas croire ce qu'elle venait d'entendre, Kitty murmura :

— Tu n'es pas obligé de faire comme si…, commença-t-elle.

Nikos la fit taire en lui posant un doigt sur les lèvres.

— Je t'aime, Kitty, dit-il en l'attirant dans ses bras. Je suis probablement tombé amoureux de toi dès que je t'ai vue, en te prenant pour une serveuse, dans cette salle de banquet du palais. En tout cas, sans aucun doute après t'avoir fait l'amour dans la grotte.

Il se pencha pour déposer un tendre baiser sur sa bouche.

— Oh, Nikos…

L'expression qui éclairait ses yeux sombres était plus éloquente que tout ce qu'il aurait pu lui dire. Il l'aimait… Et comme Kitty savait à quel point cela avait dû être difficile et douloureux pour lui de l'admettre — et de le lui avouer —, elle l'en aimait encore davantage.

Se haussant sur la pointe des pieds, elle lui offrit ses lèvres en se serrant contre lui. Il prit alors sa bouche avec une telle passion, un tel amour, que Kitty sentit les larmes rouler de nouveau sur ses joues.

— Ne pleure pas, murmura-t-il en la soulevant dans ses bras avant de se diriger vers la chambre. Je ne veux pas que tu pleures, Kitty *mou*.

Mais ses yeux étaient humides, eux aussi, constata Kitty à travers ses larmes.

Une fois dans leur chambre, il la reposa doucement sur le sol avant de faire glisser la fermeture Eclair de sa robe.

— Tu es si belle, si douce et si sensuelle, murmura-t-il contre sa bouche en faisant descendre sa culotte sur ses hanches.

Puis il la conduisit vers le lit avant de la pousser doucement sur les draps.

— Parfois, j'ai l'impression que tu voudrais changer le monde, dit-il en lui souriant. Eh bien, tu m'as changé, Kitty. Grâce à toi, je me suis retrouvé, et j'ai compris à quel point j'étais lâche de ne pas vouloir admettre que je t'aimais. Je veux que tu sois heureuse, *agape mou*. Et si tu le désires, nous retournerons vivre à Aristos. Lorsque j'étais aux Etats-Unis, je me suis rendu compte que, du moment que je suis avec toi, je me fiche de l'endroit où nous vivons.

— Ta place est à Athènes, Nikos, répliqua-t-elle fermement. Et la mienne est à tes côtés. Mais je suis d'accord avec toi —

l'important, c'est que nous soyons ensemble. Nous deux et cet enfant qui va bientôt naître …

Ivre de joie et d'amour, Kitty suivit le contour des lèvres sensuelles de son mari du bout des doigts.

— Mais pour l'instant, si on arrêtait de parler, Nikos ? murmura-t-elle en se pressant contre lui. Tu ne veux pas que je te montre à quel point je t'aime ?

Le royaume des Karedes

*Tournez vite la page et découvrez, en avant-première,
un extrait du sixième roman de votre saga Azur
à paraître le 1er juin.*

Extrait du prochain roman de votre saga

Le royaume des Karedes

Alors qu'elle se félicitait justement d'avoir réussi à éviter la presse et le prince régent Sebastian Karedes pendant deux heures, Cassie se retrouva soudain nez à nez avec lui.

Quand elle leva les yeux vers les siens, sombres et indéchiffrables, elle eut l'impression que son souffle se bloquait dans sa poitrine et que son cœur s'arrêtait de battre. Elle voulut parler, mais sa gorge était trop serrée pour laisser passer un seul son. Troublée au plus profond de son être, elle sentit ses joues s'empourprer lentement. Se rendait-il compte que, depuis six ans, elle redoutait ce moment ?

— Cassie, commença-t-il de sa voix grave et veloutée. Tu viens d'arriver ? Je ne t'avais pas encore vue.

— Euh… Non, répondit-elle en détournant les yeux. Je suis là depuis le début de la soirée.

Un silence pesant s'installa entre eux, semblable à l'atmosphère lourde qui précède un orage.

— Je vois.

Il réussissait si bien à glisser tant de sous-entendus dans si peu de paroles, songea Cassie. Sous ses deux seuls petits mots, elle avait en effet perçu du dédain et de la méfiance, auxquels se mêlait une autre nuance qu'elle ne parvenait pas à identifier.

— Eh bien, pourquoi es-tu venue ? continua-t-il. Je ne me souviens pas d'avoir vu ton nom sur la liste des invités officiels.

— Je travaille à l'orphelinat depuis presque un an, dit-elle en se forçant à ne pas le regarder, dans le cadre de ma mise en liberté conditionnelle.

Comme il restait silencieux, elle se sentit forcée de tourner les yeux vers lui, avant de le regretter aussitôt. Sebastian la contemplait avec une expression franchement ironique.

— Toi, tu t'occupes d'enfants ?

— Oui, répondit-elle sèchement en se raidissant. Et j'aime beaucoup cela. Je suis venue à cette soirée avec d'autres membres du personnel. Ils ont insisté pour que je vienne.

Le silence s'installa de nouveau entre eux, mettant les nerfs de Cassie à vif. Elle aurait tout donné pour pouvoir éviter de venir là ce soir. Depuis son arrivée au palais d'Aristos, elle avait eu l'impression de jouer à un jeu de cache-cache terriblement dangereux, restant sans cesse aux aguets pour éviter de tomber sous le regard aigu de Sebastian. Et à présent, elle avait un mal fou à garder son calme et à rester indifférente devant lui.

Cet homme autoritaire et charismatique l'attirait autant qu'il la terrifiait, mais elle était déterminée à ne pas le lui montrer.

Furtivement, elle caressa les perles lisses de son bracelet, seul souvenir concret qu'il lui restait de sa mère. Si seulement ce contact pouvait lui donner le courage et la force de supporter les derniers instants qu'elle devait passer au palais, avant de pouvoir s'en aller…

— Dans ce cas, dit-il, tout en continuant à darder son regard sardonique sur elle, sache que je suis membre royal du comité de soutien de l'orphelinat où tu travailles actuellement. A ce titre, je me serais attendu à ce que tu participes plus activement à cette soirée, plutôt que de te cacher derrière les piliers et les plantes.

Cassie redressa aussitôt le menton et le défia du regard.

— Pour me voir assaillie par la presse, toujours avide d'obtenir des photos exclusives et une interview ? riposta-t-elle. Pas avant que la période de ma liberté conditionnelle soit achevée. A ce moment-là, je l'envisagerai peut-être.

Une lueur menaçante naquit au fond des yeux de Sebastian.

— J'avoue que je suis surpris que tu n'aies pas encore vendu ton histoire aux journalistes, Cassie. Mais je préfère te prévenir tout de suite — un seul mot sur notre…

Il s'interrompit un très bref instant avant de poursuivre.

— … relation passée, et je te ferai retourner en prison. La majorité des habitants d'Aristos t'y croient d'ailleurs encore. Me suis-je bien fait comprendre ?

Guide touristique
des îles Aristos et Calista

Aristos

Aristos signifie parfait en grec, et l'île mérite bien son nom ! Le climat ensoleillé et la beauté du littoral en ont fait l'une des destinations favorites de la jet-set. Principauté très riche, centre financier international, elle offre le cadre idéal pour des fêtes et des vacances de luxe, avec ses restaurants, ses night-clubs, son terrain de golf, sa marina et son casino.

A voir

Ne manquez pas le somptueux palais royal au centre de l'île, à quelques kilomètres de la baie d'Apollonia. Le quartier historique et le vieux port de Messaria méritent une visite — pour dépenser vos gains au casino dans les boutiques de luxe, par exemple ! Des plaines fertiles côtoient les longues plages de sable blanc de la côte nord-est. Dans les stations balnéaires très chic qui parsèment la côte, le gotha peut se détendre à l'hôtel, au spa, ou bien derrière les hautes grilles de somptueuses propriétés dotées de piscines à débordement, de courts de tennis et de jardins luxuriants. Si vous préférez la vie citadine, vous apprécierez Ellos et les gratte-ciel de son quartier d'affaires.

A faire

Avec ses innombrables bars, restaurants et palaces, Ellos est célèbre pour sa vie nocturne trépidante, dont le point central est le Grand Hôtel. Ne manquez pas l'occasion d'apercevoir des célébrités dans son fabuleux restaurant !

Calista

Calista, dont le nom signifie excellent en grec, est la destination idéale pour des vacances plus décontractées. Véritable havre de paix, c'est un paradis préservé dont les infrastructures touristiques restent très discrètes. Contrairement à sa voisine Aristos, elle se caractérise par un climat très sec et des paysages arides. La partie centrale de l'île est entièrement déserte, ses habitants étant regroupés sur la côte nord, plus hospitalière. Son sol ayant toujours été peu propice à l'agriculture, elle a conservé une beauté sauvage incomparable. L'île est célèbre pour ses gisements de diamants souterrains, mais le fleuve Kordela est également une source de dépôts de diamants alluvionnaires.

A voir

Serapolis, centre historique de Calista entièrement préservé, dénote une nette influence moyen-orientale, à la fois culturelle et architecturale. Le labyrinthe de ses rues animées abrite des marchés pittoresques. Ne manquez pas le majestueux palais royal.

A faire

Vous marchanderez sur les marchés de Serapolis, et entre deux achats vous y dégusterez des mets délicieux. Explorez le désert Azahar — à dos de dromadaire pour les plus intrépides — et passez une nuit dans une oasis. Parcourez les gisements de diamants à la recherche de votre propre joyau, à emporter en souvenir de votre séjour dans ce lieu enchanteur. Et si vous avez envie d'une dose de glamour, visitez la récente station touristique de Jaladhar.

Attention, numérotation des livres pour
le Canada différente : numéros 1589 à 1594

www.harlequin.fr

Composé et édité par les
*éditions*Harlequin
Achevé d'imprimer en avril 2010

à Saint-Amand-Montrond (Cher)
Dépôt légal : mai 2010
N° d'imprimeur : 100092 — N° d'éditeur : 14952

Imprimé en France